Ellie
Ronja
Pia

Peter Großmann und Nia Künzer

Fortuna Girls – Nichts kann uns stoppen!

Weitere Titel von Peter Großmann:

Fortuna Girls – Das Spiel beginnt! (Band 1)

Dumm kickt gut

Ist es wahre Leidenschaft ... oder nur erhöhter Blutdruck?

Naturdoping

Titel in der Regel auch als E-Book erhältlich

Peter Großmann · Nia Künzer

Fortuna Girls

Nichts kann uns stoppen!

Mit Illustrationen von
Daniel Ernle

Baumhaus

FSC
www.fsc.org
MIX
Papier aus verantwortungsvollen Quellen
FSC® C014496

Originalausgabe

Umschlaggestaltung: Daniel Ernle dec3 GmbH & Co. KG
Umschlagmotiv und Innenillustrationen: Daniel Ernle, München
Gesamtgestaltung und Satz: Christina Krutz, Biebesheim am Rhein
Gesetzt aus der Adobe Caslon Pro
Druck und Einband: GGP Media GmbH, Pößneck

Printed in Germany
ISBN 978-3-8339-0328-1

5 4 3 2 1

Sie finden uns im Internet unter www.baumhaus-verlag.de
Bitte beachten Sie auch www.luebbe.de

Ein verlagsneues Buch kostet in Deutschland und Österreich jeweils überall dasselbe.
Damit die kulturelle Vielfalt erhalten und für die Leser bezahlbar bleibt, gibt es die *gesetzliche Buchpreisbindung*. Ob im Internet, in der Großbuchhandlung, beim lokalen Buchhändler, im Dorf oder in der Großstadt – überall bekommen Sie Ihre verlagsneuen Bücher zum selben Preis.

Hallo Mädels,

es gibt Tage, an denen läuft es einfach nicht rund. Ihr habt die Deutscharbeit verhauen, euch mit eurer besten Freundin zerstritten oder eben das letzte Fußballspiel verloren. Vielleicht erinnert ihr euch noch? Beim letzten Mal haben die Fortuna Girls eine haushohe Niederlage gegen die Unbeatables einstecken müssen. Ein herber Schlag. Doch davon lassen sie sich nicht unterkriegen, sondern trainieren einfach weiter. Und schon bald steht das nächste große Spiel an, diesmal gegen ein anderes Mädchenteam – das aber auch nicht ganz ohne ist ...

Wie ihr euch auf ein wichtiges Spiel vorbereitet und wie ihr die Nerven behaltet, erzähle ich euch später. Und natürlich zeige ich euch auch wieder ein paar coole Tricks, mit denen ihr eure Gegner ganz schön alt aussehen lassen könnt. Wie leicht sie nachzuspielen sind, seht ihr in den kurzen Filmen im Internet unter www.luebbe.de/fortunagirls. Schaut einfach mal rein!

Aber jetzt wünsche ich euch erst mal viel Spaß mit den Fortuna Girls!

Bis später,
Eure Nia Künzer

Doppelter Übersteiger

Lauf mit dem Ball.

Wenn der Ball links neben dir rollt, heb dein rechtes Bein in einem Bogen über den Ball.

Lande auf dem rechten Fuß und mach jetzt die gleiche Bewegung noch mal mit links.

Wiederhole die Übersteiger so oft wie nötig, um deinen Gegner zu verwirren. Zum Schluss dribbelst du rechts außen schnell an ihm vorbei.

Mittags in Erfurt

Es war nur so ein Gedanke, aber er beschäftigte Felicitas schon eine ganze Weile. Was wäre, wenn die Geschichte mit ihren Fortuna Girls gar nicht wahr wäre? Wenn sie sich das alles nur einbildete? Eine Halluzination, eine Fata Morgana, eine Luftblase! Mit einem lauten Knall könnte alles verschwinden. Der Traum ist aus. Return. Alles auf Anfang.

Sie stellte sich diese Frage öfter, seit ihr Leben in Erfurt sich so positiv verändert hatte. Sie stand auf, ging im Zimmer umher und begann zu reden wie auf einer Theater-

bühne, auf der gerade eine Gerichtsverhandlung gespielt wurde.

»Hohes Gericht, liebe Geschworene: Bitte sehen Sie dieser Person ihre Verwirrtheit nach. Sie ist nur ein Mädchen, das von Dortmund nach Erfurt umziehen musste und dadurch vermutlich schwere traumatische Störungen erlitten hat. Die Trennung von ihrem alten Fußballteam, die neue Stadt, die blöden Jungs und vor allem die fehlende Mädchenmannschaft. All dies hat dazu beigetragen, dass Felicitas González, genannt Messi, nun an Halluzinationen leidet. Sie denkt, sie hätte Freundinnen gefunden. Sie gibt vor, ein Team von unschlagbaren Jungs an den Rand einer Niederlage gebracht zu haben. Wir müssen Geduld mit ihr haben. Dann kommt sie auch wieder zu sich – Aua!«

Plötzlich schrie sie auf. Sie hatte einen Stich in der Wade gespürt. Ein Muskelfaserriss, ohne sich bewegt zu haben? Wie soll das gehen? Selbst Doktor Müller-Wohlfahrt, der Arzt, dem die Fußballer vertrauen, würde vor einem Rätsel stehen. Sie ging im Kopf schon die Schlagzeilen durch: »Junges Nachwuchstalent stehend k. o.« Oder: »Wunder der Medizin! Spanierin hat neuartige Reißmuskeln!!!«

Aber die Erklärung für ihren Schmerz stand hinter ihr, war einen Kopf kleiner als sie und nannte sich Pedro.

Er grinste breit und hielt eine Gabel in der Hand. »Du hast so komisch vor dich hin geredet, und da wollte ich, dass du aufwachst«, erklärte Pedro schulterzuckend und sah seine große Schwester dabei unschuldig an.

»Du stichst mich mit einer Gabel?« Messi baute sich drohend vor ihm auf.

»Ja, es gibt nämlich Essen. Oma hat gekocht. Erfurter Allerlei!«

»Was soll das sein?« Messi kannte nur Leipziger Allerlei. Das war ein Gemüsegericht.

»Hamburger mit Wiener Würstchen. Und als Nachtisch einen Amerikaner!« Pedro leckte sich voller Vorfreude die Lippen.

»Du hast die Vorspeise vergessen«, sagte Messi und schaute ihn ernst an. »Als Vorspeise gibt es Spanier. Kleinen Spanier!« Sie tat so, als wollte sie ihren Bruder jagen. Schreiend rannte Pedro aus dem Zimmer.

Messi lachte. Super, dachte sie. Erst kocht Oma, und dann geht es zum Treffen der Fortuna Girls. Das ist ein perfekter Sonntag. Sie schaltete den Computer an und schickte noch schnell eine Botschaft an ihre alten Teamkameradinnen nach Dortmund.

13:18 UHR

Hallo ihr, hier eure Messi aus der Enklave Erfurt. Ihr seid wahrscheinlich gerade auf dem Weg zum Spiel. Und wisst ihr was: Ihr werdet es gewinnen, da bin ich sicher! Natürlich wäre ich gerne dabei, aber hey, ich habe tatsächlich einiges zu tun in der Stadt der schlimmsten Jungs auf der ganzen Welt! Deshalb war absolut keine Zeit für lange Nachrichtensendungen aus Thüringen. Nächste Woche ist nämlich das große Frühlingsfest in der Schule angesagt. Dafür macht Papa das Essen und darf sogar die Bühne rocken mit einer Runde Flamenco. Es gibt also viel vorzubereiten. Und Ronja, unser lebendes Lexikon, hat die Qualifikation für das Schulduell gewonnen. Sie tritt im Quiz gegen einen Lehrer an. Ich hoffe, sie gewinnt. Der Preis ist ein Tag schulfrei für sie und fünf Mitschüler. Wir werden dann den ganzen Tag auf unserem Kahn chillen. Die Jungs müssen zur Schule, und wir können in Ruhe überlegen, wie wir sie demnächst schlagen werden. Ein Traum! Das eine wie das andere. Ich wünsche euch einen Sieg, drei Punkte und überhaupt. Immer fair bleiben.

Messi warf eine Kusshand in Richtung Bildschirm, schickte ihr Video ab und stürmte die Treppe hinunter zu Omas Erfurter Allerlei.

Girls Day

Es gab nur wenig, das Messi so sehr begeisterte wie Omas Essen. Der Fußball gehörte genauso dazu wie das inzwischen regelmäßige Treffen mit den Fortuna Girls. Am alten Hafen, wo Opa Schäfer seine Werkstatt hatte, lag nicht nur ihr Trainingsplatz, sondern auch das rostige Schiff, auf dem sie die hohe Niederlage gegen die Unbeatables »gefeiert« hatten. Na ja, Feier ist rückblickend gesagt wahrscheinlich ein bisschen übertrieben. Sie hatten ihre Wunden geleckt und sich mit Würstchen und Kartoffelsalat getröstet. Doch am Ende waren dort auf dem Kahn »Fortuna« die Fortuna Girls entstanden.

Seitdem war an Sonntagen ihr Girls Day. Der hatte mit Training nichts zu tun. Das war ein reiner Freundinnentag, wie Messi immer sagte. Es wurde gequatscht, gegessen oder einfach nur rumgehangen. Bisher fand ihr Tag in der alten Werkstatt statt. Aber jetzt hatten sie sich ein echtes Mannschaftsquartier unter Deck eingerichtet, und heute würde es endlich richtig fertig werden. Ein schmaler langer Raum mit dicken Holzplanken auf dem Boden und mit vier kleinen Bullaugen in den Seitenwänden. Sie hatten in den Ferien ordentlich schrubben müssen, um alles sauber zu bekommen. Schließlich war die Fortuna in ihren guten Zeiten mal ein Frachtschiff gewesen. Als alles sauber war, hatte Opa

Schäfer zwei alte Sofas aus seiner Werkstatt gespendet. Und die Fortuna Girls hatten von zu Hause alles mitgebracht, was nicht mehr gebraucht wurde. Für den richtigen Anstrich hatte Messi gesorgt. Ihre Familie hatte gerade erst die Taparei Lämmerhirt renoviert und noch eine Menge Farbe übrig. Damit hatte Messi nicht nur eine Wand in Schwarz-Gelb gestrichen, sondern den übrigen Raum so bunt gestaltet, dass man das Gefühl hatte, in einer Tüte mit Fruchtbonbons zu sitzen. Yalla hatte einen großen, reich bestickten Teppich mitgebracht, von dem ihr Onkel behauptete, mit der richtigen Zauberformel könne man damit fliegen. Er war Yallas Lieblingsonkel, der ihr früher als Kind immer Märchen vorgelesen hatte. Wahrscheinlich hatte er noch gar nicht bemerkt, dass Yalla schon lange nicht mehr an fliegende Teppiche und flunkernde Onkel glaubte.

Ronja hatte ihrem Vater einen alten Fernseher aus den Rippen geleiert. Darauf sollten ihre Spiele analysiert werden. Ganz professionell, wie in der ersten Liga. Und Pia war natürlich zuständig für den guten Geruch im Mannschaftsquartier. In jeder Ecke stand ein Fläschchen mit Holzstäbchen, die die unterschiedlichsten Düfte aussendeten. Auch ein Spiegel durfte nicht fehlen. Den brachten Mira und Marie mit, um darin vor dem nächsten Spiel gegen die Jungs, oder wen auch immer, zornige Grimassen zu üben. Messi war nämlich aufgefallen, dass die Zwillinge

einfach immer zu nett guckten. Für die üblen Gesellen der Unbeatables war das eindeutig zu wenig.

Die Fortuna Girls trafen sich wie immer am Nachmittag. Sie hatten es sich unter Deck gerade bequem gemacht, als sie draußen vor dem Schiff einen Höllenlärm hörten.

»Klingt verdächtig nach Traktor«, bemerkte Messi.

»Riecht auch danach«, bestätigte Pia und war mit einem kurzen Sprung am Bullauge.

Messi beobachtete Pia und war erstaunt. »Wenn du auf dem Platz auch so schnell wärst, könnten wir dich demnächst immer schön steil in die Spitze schicken.«

Pia lachte. »Spitze finde ich gut. Aber nur am T-Shirt.« Sie schaute aus dem Bullauge und rief: »Es ist Ellie!«

Auch die anderen hatten sich in die kleinen Öffnungen gequetscht.

»Sieht aus wie eine neue Folge von ›Bauer sucht Schiff‹. Hallo, hier sind wir!« Yalla ruderte wild mit den Armen. Marie und Mira waren verwirrt.

»Eigentlich wissen doch Ellie und ihr Vater genau, wo sie hinmüssen«, sagte Mira.

»Na ja, die kommen vom Land. Und jetzt am Hafen in der großen Stadt, wer weiß.« Yalla zwinkerte ironisch.

»Wie schön, da kommt die beschwingte Bauerntochter«, sagte Messi lachend.

»Genau. Die tausendarmige Torfrau auf ihrem tuckernden Traktor«, stimmte Yalla fernsehtypisch mit ein. Jetzt lachten alle. Die Stimmung konnte nicht besser sein.

Ellie und ihr Vater brachten einen Tisch und sieben Stühle. Das war das alte Esszimmer aus der Bauernstube; ausgemustert und diente jetzt als runder Tisch bei den Fortuna Girls. Alle packten mit an und schleppten die Möbel auf das Schiff und unter Deck.

»Perfekt!«, sagte Ellie, als alles stand. Sie schaute sich um. »Das ist ein tolles Hauptquartier. Hier können wir astrein Pizza bestellen. Und vor allem auch essen!« Sie strahlte. Wenn Ellie etwas über alles liebte, war das Essen in jeglicher Form.

»Wir sollten besser überlegen, wie wir es schaffen, beim nächsten Spiel nicht andauernd über die eigenen Füße zu fallen«, sagte Messi etwas zu scharf in die lockere Runde. Die anderen blickten verdutzt.

»Okay, sorry, aber wir sollten jetzt erst an das nächste Spiel denken und dann an die Party danach.« Messi hatte bemerkt, dass sie die Stimmung ein bisschen gedrückt hatte. Sie wollte ja nur demnächst auch mal ein Spiel gewinnen.

»Außerdem«, sie schaute skeptisch auf die neue Sitzgruppe, »sieht es in unserer Fortuna jetzt so aus wie in Bayern. Das passt mir gar nicht! Bayern!«

»Ist aber folgerichtig. Ich stelle den Antrag, dass wir unseren Raum ab jetzt Olli nennen.« Ronja war bisher still geblieben und rückte jetzt ihre Brille auffordernd zurecht.

»Hääh? Bist du wahnsinnig, oder was?«, fragte Yalla aufgebracht. »Die Fortuna Girls nennen ihren Treffpunkt doch nicht nach einem Jungen! Und schon gar nicht nach einem der unfairen Fußballer der Unbeatables.«

»Immer mit der Ruhe. Ich hatte nur gedacht, das würde zu uns passen. Immer witzig, immer mit Humor!«, sagte Ronja.

»Was bitte soll an Olli denn witzig sein?« Messi hatte ein Fragezeichen im Gesicht. Olli war zwar noch der Netteste der Fußball-Schreckgespenster, aber er war immer noch einer von ihnen.

»Olli ist süß! Aber hat der Humor?« Pia hatte natürlich wieder ihre eigene Sichtweise auf das Thema. Ihre Kategorien bei Jungs waren nicht blöd oder nett, sondern süß oder nervig.

»Na ja, wenn wir schon auf einem Kahn sind, können wir den Raum auch Olli nennen. Mehr Fußball geht nicht«, verteidigte Ronja ihre Idee.

Die anderen stöhnten laut auf. Olli Kahn, der Groschen fiel jetzt bei allen. Spät, aber immerhin. Der alte Torwart-Titan als Namensgeber. So viel Querdenken konnte nur von Ronja kommen.

»Nichts da, keine Chance!« Messi hatte als Erste die Sprache wiedergefunden. »Wenn wir ein Buch schreiben sollten, würden wir den Roman ja auch nicht Weidenfeller nennen!«

Mira ließ sich mit einem Aufschrei auf die Couch fallen. Der nächste Schenkelklopfer.

»Schluss, aus, Ende!!! So viel Wortwitz an einem Sonntag hält ja kein Mensch aus. Und schon gar kein Fortuna Girl«, rief Marie.

»Okay, dann jetzt mal Ruhe und Aufmerksamkeit«, sagte Messi. »Es ist Zeit für unser Ritual!«

Alle standen sofort auf. Plötzlich sah es unter Deck so aus wie bei einem Fußball-Länderspiel. Die Girls schauten, als würden sie gleich die Nationalhymne anstimmen wollen. Sie versammelten sich um eine große Statue, die auf einem kleinen Tisch stand. Eine übergroße Glücksgöttin war das, die Fortuna. Die hatten sie vom Vater der Zwillinge bekommen, der einst ein großer Fan von Fortuna Düsseldorf gewesen war. Aber als sich der Verein in die Niederungen der Zweiten Liga verabschiedete, hatte er die Statue in den Keller verfrachtet, wo sie über die Jahre zugestaubt war. »Edelfan« nannte Marie ihren Vater seither. Sie konnte das nicht verstehen. In guten Zeiten jubeln, in schlechten ab in den Keller. Mira hatte die große Fortuna dort entdeckt und mit ins Quartier gebracht. Ihr Vater hatte nichts dagegen. »Hauptsache, die bringt wieder jemandem Glück«, hatte er gesagt.

Alle sechs Fortuna Girls hielten ihre kleinen Fortunas hoch, das Geschenk von Opa Schäfer nach der Niederlage gegen die Unbeatables. Die Stimmung wurde feierlich.

»Wir haben eine Mannschaft«, begann Messi, »wir haben ab jetzt einen Treffpunkt. Von nun an kann uns nichts mehr auseinanderbringen. Nicht die Jungs, nicht die Eltern, nicht die Lehrer. Wir entscheiden alles zusammen. Und als Zeichen dafür sollen immer alle Fortunas beisammen sein.«

Mit einer schnellen Bewegung stellten alle ihre kleinen Glücksbringer an die große Statue. Jede hatte ihren Platz mit einem kleinen Namensschild.

»Seid mutig, bleibt stark, sagt wir!«, rief Messi.

»Fortuna Girls!«, antworteten die anderen im Chor.

»Mit Liebe zum Spiel, mit Liebe zu uns«, sagte Ellie.

Wieder ertönte ein »Fortuna Girls«.

»Wir sind mehr als nur ein Sieg«, fügte Ronja hinzu.

»Wir schaffen alles, was wir wollen«, sagte Ellie strahlend.

Für einen kurzen Moment war alles still.

»Das ist so schön, ich könnte heulen!« Pia hatte die Sprache wiedergefunden.

»Besser nicht, sonst fließt dein ganzes Make-up auf unseren frisch geputzten Boden«, lachte Yalla.

»Das ist fast so schön wie Weihnachten, wenn meine Mutter ein Gedicht aufsagt und nach der ersten Strophe Schluss macht, weil sie heulen muss«, erklärte Pia.

»Dann soll sie doch einfach mal die nächsten Strophen lernen. Dann muss sie nicht weinen, weil sie die nicht kann«, schlug Yalla vor.

Pia ließ sich nicht beirren und schaute ganz verträumt.

»Und dann singen wir unter dem Baum was von Lady Gaga.« Sie stand auf und begann zu singen.

»Passiert das eigentlich, bevor sie sich gegenseitig völlig überraschend Parfüm schenken, oder danach?«, raunte Ronja Messi zu, ohne eine Antwort abzuwarten. Sie hielt ihr Handy hoch. »Also wer will Pizza? Ich bestelle!«

Pia hörte sofort auf zu singen. »Für mich keine Pizza, ich nehme einen Salat! Ich muss noch ein bisschen Gewicht machen!«

»Pia, Schatz, wir spielen Fußball, wir ringen nicht. Man muss nicht so ganz genau auf die Gewichtsklasse achten!« Marie verdrehte die Augen.

»Für mich eine große Thunfischpizza«, rief Ellie.

»Da hat aber jemand Hunger«, sagte Messi lächelnd.

Ellie lächelte zurück. »Ich handele nur getreu unserem Motto: Wir schaffen alles, was wir wollen! Da kann man doch mit der Pizza schon mal anfangen!«

Alle lachten.

Das ist schon eine echt coole Truppe, dachte Messi. Wir müssen nur noch besser Fußball spielen.

Torschussfinte

auf mit dem Ball uf den Gegner u und täusch nit rechts einen chuss an.

Dein Gegner will den Ball blocken. Doch statt zu schießen, ziehst du den Ball mit dem rechten Außenspann nach hinten ...

... drehst dich rechtsherum und ...

... kannst in den freien Raum weiterdribbeln.

Eine neue Spielerin

Nach dem Girls Day am Sonntag war für Montagnachmittag ganz normales Training angesetzt. Schließlich hatte das Team noch einige Arbeit vor sich. Der Stachel der herben Niederlage gegen die Jungs saß noch sehr tief. Das wollten die meisten von ihnen zwar nicht zugeben, aber tief im Inneren war die Enttäuschung noch immer groß. Nicht weil sie verloren hatten. Das hätte man sicher erwarten können. Schließlich waren sie erst frisch im Training, und die Unbeatables spielten schon seit ein paar Jahren zusammen und waren fast ungeschlagen. Es war eher die Art und Weise, wie die Jungs sie gedemütigt hatten. Über jeden ihrer Treffer hatten sie sich gefreut, als wären sie gerade Weltmeister geworden und hätten einen übermächtigen Gegner aus den Stutzen gehauen. Dabei war das völlig unnötig. Man kann auch gewinnen, ohne den Respekt zu verlieren. Das macht den Unterschied! Wie bei der Weltmeisterschaft in Brasilien. Da machte unsere Nationalelf zwar Brasilien zur Schnecke beim 7:1, hatte aber Anstand genug, die Demütigung nicht größer werden zu lassen, als sie eh schon laut Ergebnis war. Im Wort Demütigung steckt auch Demut. Aber wie sollen das ein paar erfolgsverwöhnte Möchtegern-Superstars auch wissen?

Überraschenderweise gab es nach der 1:15-Niederlage

fast gar keine Bemerkungen in der Schule. Benni, Olli und Burak waren erstaunlich zahm geblieben, wo sie doch sonst jede Gelegenheit nutzten, ihre Überlegenheit in Worte zu fassen. Oder besser gesagt, Schwachsinn zu erzählen. Aber diesmal ... nichts! Nicht mal ein kleiner Witz, über den eh keiner lachen konnte. Es schien so, als hätten sie das Interesse an den Fortuna Girls verloren, sie als Beute fürs Erste einfach abgehakt. Das hätte Messi und ihr Team durchaus freuen können. Denn wenn man als Gegner nicht ernst genommen wird, kann man umso überraschender zurückschlagen. Alte Fußballerweisheit! Aber Messi machte dennoch Sorgen, welche Blicke die Unbeatables untereinander austauschten. Erst letztens, als sie vom Sportlehrer erfuhren, dass sie als Mannschaft für ihre »großen« Schulerfolge beim Frühlingsfest geehrt werden sollten. Da grinsten sie so dermaßen hinterhältig, dass Messi eine Gänsehaut bekam. Für sie war klar: Die Jungs führten etwas im Schilde. Das war die Ruhe vor dem Sturm. Sie würden zuschlagen. Aber keiner wusste, wann und wie!

Messi war mal wieder spät dran und die Letzte, die auf den Trainingsplatz gebraust kam. Sie hatte ihrem Vater noch beim Backen helfen müssen. Das kam in letzter Zeit öfter vor und war eigentlich ein gutes Zeichen dafür, dass es mit der Taparei Lämmerhirt weiter bergauf ging. Denn mehr Aufträge bedeuteten mehr Arbeit. Aber da es noch nicht so gut lief, dass sich die Lämmerhirts einen Angestellten leisten konnten, mussten alle mit anpacken. Sogar ihre Oma stand wieder im Verkaufsraum und fand das wunderbar. Denn das hatte sie immer geliebt. Ein kleines Schwätzchen hier, eine nette Bemerkung da: Sie war wieder in ihrem Element. Messis Job war die Backstube. Frische Brötchen und spanische Tortilla vorbereiten. Der Vorteil war klar auf ihrer Seite. Sie kam zwar zu spät, hatte aber ein paar Leckereien dabei, die ihr Team meistens milde stimmten. Außerdem, was machen schon ein paar Minuten?! Sie hatte gerade erst die Biografie von Gerald Asamoah zu Ende gelesen. Der war auch immer überall zu spät gekommen und trotzdem Nationalspieler geworden. Genau genommen wurde er sogar erst dadurch entdeckt, dass er zu spät zum Training kam und ihn Mirko Slomka aus Mitleid in der Jugend von Hannover 96 mittrainieren ließ. Also was soll's! So hat alles seine guten Seiten.

»Okay, ich bin zu spät!!!«, rief sie und bremste abrupt ab. »Aber ich füttere die Raubtiere. Na los, wer klatscht mit den Flossen wie ein Seehund? Der bekommt ein frisches warmes Brötchen!«

Sie winkte mit der Tüte wie mit einer Trophäe. Erst jetzt bemerkte sie, dass alle sie merkwürdig anstarrten. Keiner sagte etwas.

»Hey, was ist los? Ist euch Benni erschienen und hat zum ersten Mal in seinem Leben etwas Vernünftiges gesagt?

Okay, das nehme ich sofort zurück. Zu unwahrscheinlich.« Messi zuckte mit den Schultern. »Ich bitte um Auflösung!«, fuhr sie fort und wurde langsam ungeduldig. »Und wo ist Ronja? Sie wollte doch heute einen Vortrag über die Regeln des berühmten Sepp Herberger halten. Weisheiten vom Weltmeistertrainer von 1954. Ich habe mich schon so darauf gefreut.«

Ellie, Yalla, Pia, Marie und Mira drehten gleichzeitig ihre Köpfe nach links. Das sah aus wie einstudiert. Messi drehte ihren Kopf mit.

Und jetzt sah sie Ronja!

Sie stand auf dem Platz und hatte Trainingssachen an. Sie hielt den Ball mit dem Spann in der Luft. Immer und immer wieder tickte er auf ihre Fußspitze und fiel nicht einmal auf den Boden. Geradezu geschmeidig bearbeitete sie den Ball, als hätte sie ihr Leben lang nichts anderes gemacht. Messi klappte die Kinnlade runter. Ronja, die mit ihren Fingern ansonsten nur auf der Tastatur klebte, hatte plötzlich ein geradezu magisches Gespür für das runde Leder. Sie war so versunken in ihr Spiel, dass sie noch gar nicht bemerkt hatte, wie die anderen Fortuna Girls fassungslos auf ihre ehemalige Computerspezialistin schauten. Was war da los? Konnte das wirklich Ronja sein? Das Mädchen, das noch vor Kurzem die frische Luft gemieden hatte, weil sie lieber in ihrem Zimmer Zeit mit ihrem Computer und den Mathebüchern verbringen wollte? Wenn sie mal rauskam, dann nur, um zu ihrem Opa auf den Schrottplatz zu gehen oder sich mit den Fortuna Girls zu treffen. Wie in den großen Fußballclubs hatte sie immer eine wissenschaftliche Untersuchung, Spielanalysen oder interessante Neuigkeiten mitgebracht. Oder eben kleine Vorträge gehalten, wie es für heute geplant war. Jetzt aber zeigte sie, dass sie mit dem Ball umgehen konnte. Alle waren platt.

»Ronja, bist du es?«, sprach Messi sie an.

Ronja erschrak, und der Ball fiel erstmals seit einer gefühlten Ewigkeit auf den Boden.

»Ach, i-ihr seid schon da? Ich hab euch g-gar nicht bemerkt«, stotterte Ronja.

»Das haben wir auch gesehen«, sagte Yalla.

Sie ging langsam auf sie zu und kniff ihr in den Arm.

»Was machst du da? Kannst du Ronja an- und ausschalten?«, wollte Pia wissen und runzelte die Stirn.

»Ich wollte sichergehen, dass es kein Geist ist oder ein Hologramm. Oder einer der Unbeatables als Ronja verkleidet. Aber sie ist echt!«, sagte Yalla fassungslos.

Mira und Marie schüttelten den Kopf. »Wir hatten einen spannenden Vortrag über den alten Trainerfuchs erwartet.«

»Und jetzt sieht es so aus, als ob sie ein jahrelanges Training bei Sepp Herberger hinter sich hätte.« Ellie brachte es auf den Punkt. »Was, liebe Ronja, hast du uns die ganze Zeit verschwiegen?«

»Gute Idee, Ellie, vielleicht lassen wir Ronja mal selber reden«, meinte Messi und schaute Ronja auffordernd an.

»Erst wollte ich es euch sofort erzählen«, begann Ronja, »aber dann wollte ich euch damit überraschen. Ihr müsst das verstehen. Ich habe euch immer nur von der Außenlinie zugesehen, wie ihr trainiert und gespielt habt. Ich war zwar dabei, aber eben nicht mittendrin.«

»Hey, du bist total wichtig. Was ich nicht schon alles über Fußball von dir gelernt habe!«, rief Pia.

»Was denn?«, fragte Ellie.

»Na ja«, sagte Pia und zögerte, »... jedenfalls 'ne ganze Menge.«

»Genau, ich war immer so ein bisschen das Schweinchen Schlau, und ihr habt Fußball gespielt«, fuhr Ronja fort. »Ich wollte ab jetzt aber richtig dabei sein.«

»Und deshalb hast du bei diesem Herberger trainiert! Jetzt hab ich's.« Pia blickte in die Runde, als ob sie diesmal mit ihrer Erkenntnis überzeugen könnte. Die anderen sahen zwischen Pia und Ronja hin und her. Pingpong, schon wieder.

»Du hast irgendwie recht, Pia«, sagte Ronja. »Aber es war nicht Sepp Herberger. Auch nicht Jürgen Klopp.« Sie kicherte. »Mein Trainer war mein Opa!«

Die Mädchen waren baff. Was machte Opa Schäfer zu einem Trainer? Klar, er hatte sich um die Fortuna Girls gekümmert und damals auf der Gründungsfeier ein paar echt coole Worte gesprochen. Aber dass er jetzt seine Enkelin in einem Geheimtraining auf Marco Reus getrimmt haben sollte, war schon ziemlich sensationell. Denn das hatten alle gleich gedacht, als sie um die Ecke bogen und Ronja mit dem Ball versunken auf dem Platz gesehen hatten: Wenn sie von diesem Talent nur ein kleines bisschen einbringen konnte, würden die Fortuna Girls sicher wieder ein wenig stärker. Und damit der Abstand zu den Jungs geringer!

Das kam auch Messi sofort in den Sinn. Aber nur sie

alleine wusste ein bisschen mehr. Nämlich dass Opa Schäfer früher selbst einmal ein guter Fußballer gewesen war. Dass seine Karriere endete, weil er sich mit dem Vater von Benni zerstritten hatte. Worum es dabei ging, wusste Messi nicht. Er hatte dieses Bild von seiner ehemaligen Mannschaft in seinem Spind versteckt und den Pokal, den er einst gewonnen hatte, als es die DDR noch gab. Opa Schäfer war Pokalsieger! Und seit damals, als er Messi dieses Geheimnis anvertraut hatte, war sie das Gefühl nicht losgeworden, dass er irgendwann gerne eingreifen würde. Als Rache für irgendetwas! Jetzt war es passiert. Aber Messi schwieg. Sie sollte Ronja nichts von seiner Fußballvergangenheit erzählen. Das hatte sie Opa Schäfer versprochen. Er wollte ihr mit seinen schlechten Erfahrungen nicht den Spaß nehmen. Jetzt hatte er wohl ihr Talent entdeckt und war auf den Geschmack gekommen. Aber ohne ihr alles zu erzählen. Sie war sehr gespannt darauf, wie Ronja alles erklären würde und wie viel sie wusste.

»Ich habe meinen Opa so lange genervt, bis er eingewilligt hat«, sagte Ronja. »Aber er hat mir gesagt: Wenn ich merke, dass du kein Talent hast, hören wir sofort mit dem Training auf.«

»Verstehe ich nicht«, sagte Ellie, »wir konnten doch auch nichts, und trotzdem hat uns dein Opa die Cola kalt gestellt und den Platz abgekreidet.«

»Wieso sprichst du in der Vergangenheit? Wir können

immer noch nichts!« Yalla machte einen Schmollmund, und die anderen mussten lachen.

»Jepp, wir sind astreine Statisten. Die Jungs haben uns umkurvt wie ein Skifahrer seine Slalomstangen«, fiel Mira ein, und Marie nickte eifrig. Zwillinge müssen anscheinend immer zusammenhalten. Egal, was passiert.

Ronja meldete sich wieder. »Ja klar, aber anscheinend wollte mein Opa nicht, dass ich für euch eine Enttäuschung bin. Dann sollte ich es lieber lassen, hat er gesagt. Er ist ein echt toller Trainer. Anscheinend ein Naturtalent.«

Mit einem kleinen Geheimnis, dachte Messi.

Ronja sah erwartungsvoll in die Runde. »Und?«, fragte sie. »Was meint ihr, kann ich mit euch spielen?«

Die anderen blickten sich kurz an.

»Na ja, also eigentlich sind wir ja komplett«, antwortete Ellie.

»Ja genau, und so richtig überzeugend war das echt nicht!«, stimmte Yalla zu und machte ein skeptisches Gesicht.

Pia stand auf und ging zu Mira und Marie. »Also, ich weiß nicht, was ihr denkt, aber sie hat so etwa mein Niveau. Oder ein bisschen schlechter.«

Die Zwillinge nickten. Dann drehten sich alle Köpfe zu Messi.

Mensch, was können die Mädels doch gemein sein, dachte sie und hatte dennoch Lust auf das Spiel der anderen.

»Ja, ich finde auch. Weißt du, Ronja, wenn überhaupt, dann muss eine neue Spielerin auch eine Verstärkung sein ...«

Ronjas Gesichtsfarbe wechselte auf kalkweiß. Sie öffnete den Mund ein Stück weit, und im nächsten Moment hätte sie sicher geweint. Aber da liefen ihr die Mädchen schon schreiend und jubelnd entgegen und klatschten sie ab. Ronja strahlte wie nach einem gewonnenen Derby. Sie hatte verstanden. Da musste sie durch. Aber jetzt war sie ein richtiges Fortuna Girl.

»Also, du Fortuna Girl«, sagte Messi lässig in Trainersprache, »wenn du die Vorstellung von eben im Training bestätigen kannst, werden wir demnächst von den Jungs nicht mehr geschlachtet, sondern nur noch geschlagen. Das wäre ein großer Schritt nach vorne!«

Plötzlich kam Ronjas Opa auf die Mädchen zu. Er hatte die Szene aus der Entfernung beobachtet. Er war stolz auf seine Enkelin, sagte aber kein Wort darüber. Stattdessen tat er sauer.

»Also jetzt ist mal genug mit Feiern. Ihr solltet endlich mit dem Training anfangen. Und was ich noch sagen wollte. Hier wird nichts rumliegen gelassen.« Er hielt eine kleine schwarze Plastikscheibe hoch, die sich bei näherer Betrachtung als Schutz für ein Kameraobjektiv herausstellte.

»Das habe ich im Gebüsch da vorne gefunden. Wenn ihr schon Kameras benutzt, dann vergesst nicht die Hälfte, und ich muss euch das Zeug dann hinterhertragen.«

Die Mädchen schauten sich fragend an und zuckten mit den Schultern.

»Vielleicht hat das einer über den Zaun geworfen! Uns gehört das jedenfalls nicht«, sagte Ellie.

»Genau, das Einzige, was wir liegen lassen«, bemerkte Yalla, »sind Chancen auf dem Platz!« Alle grinsten.

Opa Schäfer warf den Schutz in den Mülleimer und einen Ball auf das Spielfeld.

»Auf geht's, Training! Um 18.00 Uhr schließe ich ab!«

»Wird gemacht, Herr Herberger!«, rief Pia. Wieder lachten die Fortuna Girls.

Und damit hatte Opa Schäfer seinen Spitznamen weg.

20:05 UHR

Hallo, Dortmund, Stadt der besten Fußballerinnen, ich muss euch was erzählen.

Das erste Training mit der »neuen« Ronja war eine Wucht. Sie scheint echt gut zu sein. Während Pia und Marie hinten abräumten, verteilte Ronja die Bälle auf dem Spielfeld. Und sie hat super gespielt. Einmal hat sie im Eins-gegen-Eins sogar mich getunnelt und den Ball eiskalt unter die Latte geknallt. Ellie hatte keine Chance. Ihr wisst, wie sauer ich werde, wenn man mich tunnelt. Aber hier habe ich mich ausnahmsweise mal gefreut. Yalla und Mira konnten auch von Ronjas Spielstärke profitieren und spielten viel besser als vorher. Zwei Unsicherheitsfaktoren weniger. Aber das dürft ihr nicht weitererzählen. Und einmal, als wir drei gegen drei gespielt haben, steckte Ronja den Ball wie selbstverständlich zwischen Pia und Marie hindurch. Es folgte ein satter Schuss von mir unten ins Eck. Ellie streckte sich vergeblich. Sie hatte plötzlich richtig zu tun. Am Ende waren wir alle zufrieden. Vor allem natürlich Ronja. Sie war eine echte Verstärkung und wurde von uns total gelobt. Als »Herberger« das Tor zum Platz abschloss und wir alle mit den Fahrrädern nach Hause fuhren, waren wir aufgedreht wie Fünfjährige vor Weihnachten. Und Ronja voll im Mittelpunkt. Stück für Stück werden wir besser!

Ich umarme euch, eure Messi

Ronjas erstes Duell

Der Schultag nach Ronjas Entdeckung war anders als sonst. Die Fortuna Girls fühlten sich besser als noch an den Tagen zuvor und strahlten das auch aus. Nicht dass sie mit ihrer Situation und der Niederlage nicht besonnen umgegangen wären, aber jetzt hatten sie eine neue Spielerin, von der die Jungs bisher nichts wussten. Ihr Auftreten war deshalb einen Tick selbstbewusster, besonders beim Aufeinandertreffen mit den Unbeatables – oder neuerdings den UB.

Die hatten kürzlich bekanntgegeben, dass sie ab jetzt nur noch so genannt werden wollten. Abkürzungen klingen einfach besser, hatte Benni den anderen Jungs erklärt. Jede Spitzenmannschaft müsse an den internationalen Markt denken. Außerdem hatte er stolz erzählt, dass demnächst auch Fanartikel ein großes Thema sein könnten. Tassen, bedruckt mit den Gesichtern der UB, würden der Anfang ihres Merchandising sein und schon auf dem Frühlingsfest der Schule verkauft werden. Die Fortuna Girls hatten aus einiger Entfernung zugehört, als die Jungs zusammenstanden. Erst waren die anderen UB auch sehr begeistert, aber als Benni dann von jedem fünf Euro für die Anschaffung der Tassen einsammeln wollte, regte sich doch leichter Widerstand. Zähneknirschend wechselten die Münzen den Besitzer. Olli und Burak hatten das Geld eigentlich anders eingeplant.

Als die Schulglocke ertönte, drängten alle Schüler in die Klassenräume. Die Vorfreude auf das Frühlingsfest war spürbar. Traditionell wurde es von den Eltern vorbereitet. Neben Messis Papa war auch der Vater der Zwillinge beteiligt, er würde als Moderator auf der Bühne stehen. Denn Vater Ringmer war nicht nur ein ehemaliger Fan von Fortuna Düsseldorf, sondern soll auch mal als Comedian aufgetreten sein. Er war aber anscheinend nicht wirklich erfolgreich, denn heute arbeitete er als Werbetexter für die Waschmittelbranche. Er hat sich so tolle Zeilen einfallen lassen wie: »Sauber macht lustig, das Waschmittel mit Humor«. Oder: »Ohne Weiß kein Preis, das Waschmittel für Sieger«. Die Zwillinge hatten schon einige Bedenken vor den Sprüchen, die sich ihr Vater für den Abend einfallen lassen würde. Aber das absolute Highlight war sowieso immer das Schulduell, und das würde den peinlichen Auftritt bestimmt in Vergessenheit geraten lassen. Bei dem Duell tritt ein Schüler gegen einen Lehrer an und muss in einer bestimmten Zeit möglichst viele Fragen richtig beantworten. Die Schüler hatten automatisch Ronja als ihre Kandidatin ausgewählt. Keiner weiß mehr als sie. Das gefiel aber nicht allen, was man vor Beginn der ersten Stunde im Klassenraum ganz deutlich merkte.

Die Tasche von Benni flog auf den Tisch. Er setzte sich lässig auf die Tischkante und tat gelangweilt.

»Im nächsten Jahr bin ich für ein reines Fußballquiz. Wer würde wohl dann die besten Chancen auf den Sieg haben?«, sprach Benni in die Klasse und schaute dann Burak und Olli an, die sich neben ihn gesetzt hatten. Sie nickten eifrig.

»Natürlich du, Benni!«, rief Ellie sofort und fügte hinzu: »Aber nur, wenn keine Zahlen darin vorkommen.«

»Was soll das heißen?«, fragte Benni ärgerlich.

Ronja hatte zugehört und mischte sich ein.

»Ist ein Tor ein Rechteck oder ein Quadrat?«, fragte sie Benni direkt. Die anderen Fortuna Girls waren verblüfft. Ronja hatte Benni noch nie offen herausgefordert.

»Die Frage stellt sich nicht.« Benni lächelte spöttisch. »Ein Tor ist, wenn der Ball die Linie überschritten hat!«

Burak und Olli klatschten. Da hatte sich ihr Chef aber schlagfertig aus der Affäre gezogen.

»Im vollen Umfang?« Ronja ließ nicht locker.

»Na klar, mit vollem Umfang«, sagte Benni.

»Und der wäre?«, konterte Ronja.

Benni schaute sich hilfesuchend nach Burak und Olli um, blickte aber nur in vier ratlose Augen.

»Na ja ... ein Kreis ... der Ball ist ja ein Kreis, also rund!« Benni klang nicht mehr so überzeugt von sich und seiner Antwort.

»Ein Ball ist nicht rund, und wenn man ihn mit dem Fuß anschneidet, dann dreht er sich von oben gesehen gegen den Uhrzeigersinn. Luftstau links, Unterdruck rechts. Das

nennt man den Magnus-Effekt. Ein normaler Ball kann so auf dreißig Metern Flugstrecke mehr als vier Meter abgelenkt werden. Verstanden?«

Benni schaute Ronja an. Sie gibt ihm Nachhilfe. Das wusste keiner, und sie hatte ihn noch nie vor der Klasse bloßgestellt. Benni ließ sich den Angriff nicht gefallen.

»Verstanden. Das hilft dir aber gar nichts. Theorie ist das eine, die Praxis das andere. Wer bei den Stolpertussis der Fortuna Girls noch nicht mal mitspielen darf, der sollte die Klappe nicht so weit aufreißen. Da fehlt die Augenhöhe.«

Triumphierend blickte er sich um. Seine Vasallen nickten wie Wackeldackel im Auto.

Messi hatte die Situation beobachtet und freute sich schon jetzt auf die Augenhöhe, von der Benni noch gar nichts wusste. »Manchmal sollte man den Ball flach halten. Vielleicht gibt es auch in deinem Leben noch mal Überraschungen«, sagte sie.

Burak mischte sich ein. »Das gilt genauso für euch. Ihr werdet schon sehen!«

Benni und Olli schauten ihn böse an. Messi spürte, dass sie mit ihrer Vermutung recht hatte. Die Jungs führen etwas im Schilde, ganz klar, nur was?

»Beim nächsten Spiel gegen euch mache ich mindestens einen Quatrick«, fügte Burak überheblich hinzu und setzte sich wieder.

»Hört, hört! Der feine Herr Fußballer macht einen Quatrick! Du willst also vier Tore schießen. Nicht drei, einen Hattrick, sondern vier, einen Quatrick? Das habe ich jetzt richtig gehört, oder?«, wollte Messi wissen.

»Genau, mindestens!« Burak lächelte zufrieden.

»Heißt das nicht doppelter Doppelpack?«, fragte Ellie.

»Oder wie wäre es mit einem lupenreinen Quattro?« Marie und Mira kicherten. Burak rutschte unruhig auf seinem Platz hin und her. Die Bemerkung hätte er besser lassen sollen, aber jetzt musste er es ausbaden.

»Nehmen wir mal an, es würde Quatrick heißen, müssten drei Tore dann nicht folgerichtig Tritrick heißen anstatt Hattrick?« Messi schaute Burak an.

»Egal, ich schenke euch die alle ein, vielleicht sogar fünf oder sechs!« Burak versuchte es mit Vorwärtsverteidigung.

»Die Androhung eines Sechstrick! Gibt es aber leider nicht«, mischte sich Ronja ein. »Denn der Hattrick stammt gar nicht aus dem Fußball, sondern vom Cricket, dem englischen Nationalsport. Bei drei guten Würfen bekam man früher einen Hut verliehen. Einen *hat*!«

Hochachtungsvolles Gemurmel setzte ein. Spätestens jetzt war allen klar, dass Ronja die beste Wahl für das Schulduell war. Insofern war das alles ein gutes Training für sie.

»Wenn ich die Jungs dreimal an mir vorbeilaufen lasse, ohne dass ich sie angreife, hat das dann auch einen tollen Namen?« Pia wollte auch noch etwas zur allgemeinen Situation beitragen, wurde aber nicht beachtet.

»Ja, das ist bescheuert!« antwortete ihr Ellie sofort. Pia machte einen Schmollmund.

»Ach, liebster Cousin, du machst mir wirklich Angst mit deiner Drohung!«, meldete sich Yalla zu Wort und tat so, als ob sie zittern würde. »Aber ich muss schon sagen, ihr macht eurem Namen alle Ehre. Die UB, die Unterbelichteten!«

Die Fortuna Girls johlten. Burak wurde rot und wollte sich gerade auf seine Cousine stürzen, als der Englischlehrer die Klasse betrat. Benni hielt Burak an der Schulter zurück und flüsterte: »Immer cool bleiben, Burak. Wenn wir mit denen fertig sind, sind die Fortuna Girls die FG. Die Fertig-Gegrillten!« Er grinste.

Aufmarsch der Unbeatables

Bei den Lämmerhirts zu Hause war schon seit einigen Tagen viel los. Nicht nur, dass es viel mehr Kunden gab, die inzwischen die Taparei und ihre vielen spanisch-deutschen Crossover-Leckereien für sich entdeckt hatten. Es war auch ein großer Tag für Fernando, denn heute war das Frühlingsfest und er hatte den Auftrag, die Schule zu beliefern. Da alles frisch zubereitet wurde, drängte sich die Arbeit bis in den späten Nachmittag. Messi kam deshalb erst sehr spät dazu, sich für das Fest umzuziehen. Die Fortuna Girls hatten sich Sweatshirtjacken bedrucken lassen und wollten am Abend im neuen Outfit erscheinen. Vorne stand klein der jeweilige Spielername, hinten auf dem Rücken in goldener Schrift »Fortuna Girls« und darunter »Nichts kann uns stoppen«. Das hatte einiges gekostet, und alle mussten einen Teil ihres Taschengelds dafür opfern. Aber eine Lieferung frischer Süßigkeiten aus Fernandos Backstube hatte für einen kleinen Rabatt gesorgt. Und Messis kleiner Bruder Pedro bekam als Geschenk noch ein T-Shirt mit der Aufschrift: »Ich bin ein Fan der Fortuna Girls!« Das wollte er ebenfalls am Abend tragen. Er war eingeteilt, um in der Schule mitzuhelfen. Das machte ihn stolz, schließlich würde das später auch mal seine Schule werden. Und seine große Schwester imponierte ihm ziemlich. Nicht nur, weil sie jetzt ihre eigene Fußballmannschaft hatte, sondern auch, weil sie sich dort durchgesetzt hatte.

Alles schien also bestens, als Messi sich mit ihren Freundinnen vor der Schule traf.

»Ladys, wir sehen verdammt gut aus!«, fand Ellie, als alle im Kreis zusammenstanden.

Yalla stand das Sweatshirt besonders gut. Sie hatte eine Sonderedition Fortuna-Girls-Hijabs in Auftrag gegeben und trug ihren nun zum neuen Team-Outfit.

»Du hast vollkommen recht«, sagte sie, »wer schöner ist als wir, muss geschminkt sein!«

»Also ich!« Pia strahlte. Sie hatte tatsächlich mal wieder alles auf ihrem Gesicht verarbeitet, was die Tuben und Döschen so hergaben. Auch die obligatorische Parfümdusche war heute besonders üppig ausgefallen. Sie hoffte insgeheim, dass Leon, der große Bruder von Marie und Mira und ein Mitglied der UB, sie heute mal bemerken würde. Er war ein Jahr älter als die anderen und in der Schule eine Stufe höher. Leon hatte also mit den »Kleinen« wenig im Sinn. Pia hatte trotzdem immer noch die Hoffnung, über den Fußball ein bisschen näher an ihren Schwarm ranzukommen. Deshalb war ihr Engagement bei den Fortuna Girls nicht ganz uneigennützig. Sie spielte zwar schon gerne Fußball und mochte die Mädels, aber so ganz schlecht fand sie die Jungs eben auch nicht.

»Ja, stimmt, sehr auffallend«, sagte Messi, »aber egal, ob

MESSI

geschminkt oder nicht, wir sind heute als Team hier. Und achtet auf die Unbeatables. Die werden heute ihr Bestes geben, um sich von ihrer schlechtesten Seite zu zeigen. Dafür werden schon unsere Pullis sorgen.«

»Wenn man vom Teufel spricht«, unterbrach Ellie sie. »Die Herren sind im Anmarsch. Nein, besser gesagt, sie schweben heran. Mich wundert, dass sie nicht in einer Sänfte getragen werden.«

Die Jungs gingen auf die Eingangstür der Schule zu. Ihr Gang war entspannt, fast provokant langsam. So gehen Fußballer, die eine »breite Brust« haben, wie es immer so schön heißt. Die Zweifel nicht mehr kennen, weil nur der Erfolg zu ihrem Leben gehört. Alles andere können sie sich nicht mehr vorstellen. Auch Benni, Leon und Co. hatten ihre Trainingsjacken an. Messi hatte schon gelesen, was darauf stand: »Die Unbeatables-Tour 2015. Seit 100 Spielen ungeschlagen!«

Sie wünschte sich so sehr, dass sie die Jacken irgendwann in den Müll schmeißen müssten, weil sie tatsächlich mal verloren. Der Tag wird kommen, meine Herren, und ich werde dabei sein, dachte Messi, als Benni mit Olli schnurstracks auf die Fortuna Girls zusteuerte.

»Hallo, Kanonenfutter, ihr habt aber schöne Jacken an. Es fehlt nur der Aufdruck: ›Geboren, um zu verlieren!‹« Benni hatte sich seine Begrüßung wahrscheinlich wieder lange überlegt. Er grinste breit. Er könnte so ein hübscher Junge sein, dachte Messi. Wenn er nur nicht so blöd wäre!

»Habt ihr das Zeug aus der Altkleidersammlung, oder was?« Olli versuchte ebenfalls, nicht nett zu sein. Es gelang ihm aber weniger. Er schaute eher verschämt an den Fortuna Girls vorbei.

»1:15 wäre noch ein schöner Aufdruck gewesen. Aber halt«, Benni stoppte theatralisch mitten im Satz und fuhr dann leise fort, »das soll ja kein Thema sein. Versprochen ist versprochen und wird auch nicht gebrochen. Stimmt's, Olli?« Er schlug Olli mit der Hand auf die Schulter.

»Ja, stimmt!« Wieder schaute er auf den Boden und wurde rot.

»Bist du jetzt fertig?« Yalla tat gelangweilt. »Wir haben noch etwas zu besprechen. Wir wollen nämlich einen schönen Abend haben. Und da haben du und deine Möchtegern-Stars keinen Platz. Die Betonung liegt nämlich auf schön!«

Die anderen pfiffen als Unterstützung.

Erstaunlicherweise drehte sich Benni weg und ging. Als die Mädchen schon dachten, er würde tatsächlich ohne ein letztes Wort in der Schule verschwinden, drehte er sich noch einmal um und rief: »Na, dann wünsche ich den Fortuna Girls einen schönen Abend!«

Olli schien noch etwas sagen zu wollen, aber Benni zog ihn mit sich. Beide verschwanden in der Schule.

»Was das wohl alles zu bedeuten hat?«, fragte Mira stirnrunzelnd.

»Ach kommt, er hat uns einen schönen Abend gewünscht, und den werden wir haben.« Pia machte eine kleine Pause, als alle sie anschauten. »Ohne ihn natürlich!«, fuhr sie unbeirrt fort. »Na ja, aber ich hätte schon gerne gewusst, ob Leon auch kommt.«

»Das ist sie, unsere Pia. Immer im Dienste der Liebe unterwegs. Wenn du mich ganz lieb bittest, könnte ich dir auch sagen, ob mein Bruder heute hier ist«, sagte Mira augenzwinkernd.

»Schwestern, wir sollten jetzt mal reingehen«, unterbrach Yalla die beiden. »Das Programm fängt gleich an, und ich will nichts verpassen. Schon gar nicht den Auftritt von deinem Vater, Messi!« Messi nickte stolz. Yalla ging voran, und die anderen folgten ihr.

Es sollte ein Fest werden, das die Fortuna Girls nicht so schnell vergessen würden.

Messi-Lupfer

'imm den hohen ass deines Mit- ɔielers mit der rust an.

Heb dein schuss- starkes Bein, sobald der Ball von deiner Brust abgeprallt ist.

Noch bevor er auf den Boden kommt, schießt du den Ball …

… weit über den Kopf deines Gegners. Jetzt heißt es, nichts wie hinterher und einen Treffer landen!

Das Frühlingsfest

Die Aula war bis auf den letzten Platz besetzt. Lautes Gemurmel erfüllte den Saal wie in einem Fußballstadion. Es fehlten nur die Fangesänge. Aber auch die würden noch kommen, wenn die Bewunderer der UB ihr Team bei der Ehrung hochleben ließen. Der ganze Raum war aufwendig dekoriert. Die Eltern hatten sich wirklich Mühe gegeben und viele Pflanzen und Bäume aus Papier an die Wände geklebt. Sogar einige echte Blumensträuße standen auf der Bühne, die in rotes und gelbes Licht getaucht war. Die Schule glich ein wenig einem Märchenwald. Aber nur heute Abend. In der Schule werden zwar auch sonst gerne viele Märchen erzählt, die Stimmung ist aber in den meisten Fällen nicht ganz so zauberhaft – vor allem wenn die »Lieblingsfächer« dran waren.

Besonders die Bühne hatte es Messi angetan. Noch vor Kurzem war sie fest davon überzeugt gewesen, dass der Umzug nach Erfurt die totale Pleite werden würde. Jetzt saß sie in der Schule, hatte ihre Freundinnen um sich, und ihr Vater kümmerte sich nicht nur um das Essen, sondern würde auch gleich auf dieser wunderschönen Bühne auftreten und für Stimmung sorgen. Das kam einem Happy End gleich.

Messi und die Fortuna Girls saßen in der dritten Reihe. Die Unbeatables auch, nur auf der anderen Seite. Beide

Teams waren also nur durch den Mittelgang getrennt. Die erste Reihe war komplett reserviert für VIPs. Und Messi konnte sich schon denken, wer dazugehörte. Im nächsten Moment wurde sie bestätigt, denn Familie Stegemann nahm ihre Plätze ein. Der Vater von Benni im feinen Anzug und die Mutter im Pelzmantel. Igitt, wer trägt denn so etwas heute noch! Das dachten wohl alle, aber natürlich sagte keiner was. Sonst würden die üppigen Spenden der Stegemanns demnächst vielleicht kleiner ausfallen. Deshalb wurde das »Königsehepaar« auch vom Schuldirektor besonders unterwürfig begrüßt. So läuft das! Benni saß übrigens nicht mit dort vorne, sondern bei seinem Team. Messi war sich aber nicht sicher, ob sie ihm das zugutehalten sollte.

Plötzlich ging das Licht aus.

»Jetzt geht es los! Jetzt kommt euer Vater!«, flüsterte Ellie. Und die Zwillinge schauten zu Boden. Sie waren nicht davon überzeugt, dass dies gut gehen würde. Ein weißer Lichtkegel wanderte durch den Raum, und eine Stimme aus dem Nichts sprach: »Begrüßen Sie den Moderator des heutigen Abends, Norbert Ringmer!« Applaus brandete auf. Auch die Fortuna Girls und besonders Mira und Marie klatschten laut. Und dann begann der Vater der Zwillinge zu sprechen.

»Hallöchen, liebes Auditorium, ich bin es, der coole Typ, der euch hier heute allen ein Ohr abkauen wird. Mit krassen Sprüchen und voll lustigen Bemerkungen. Lol, oder?«

Messi beugte sich zu Mira.

»Sag mal, Mira, hast du ihm nicht gesagt, dass es das Schlimmste überhaupt ist, wenn Erwachsene so zu sprechen versuchen wie ihre Kinder?« Messi schmunzelte.

»Ja, natürlich haben wir ihm das gesagt«, sagte Mira, »aber er meinte, er wisse schon, wie er die Massen fesseln kann.«

»Dann hoffen wir mal, dass die Masse ihn nicht fesselt und von der Bühne trägt«, antwortete Messi und zwinkerte Mira zu. Sie blickten wieder zur Bühne.

»Also aufgepasst und attention. Kleine Ratefrage: Was sagt ein Krokodil, nachdem es einen Clown aufgefressen hat?«

Alle saßen da und blickten gespannt auf die Bühne. Einige taten wahrscheinlich nur so, aus Angst vor der Antwort.

»Na, weiß es keiner? Keiner eine idea?« Vater Ringmer hatte sich wohl vorgenommen, ab und zu mal ein englisches Wort einzustreuen. Das macht man in der Werbung nämlich auch so. Wenn auch gut, aber egal!

»Schmeckt komisch!«, beantwortete er seine Frage selbst.

Keiner reagierte.

»Na, das Krokodil sagt: schmeckt komisch!« Er machte eine Pause und blickte augenzwinkernd ins Publikum. Ob er dem Publikum zuzwinkerte oder das Licht ihn blendete, konnte man nicht genau erkennen.

»Wegen des Clowns, you understand?«

Zwei lachten in den hinteren Reihen. Vielleicht aber auch

über etwas anderes. Die anderen Zuschauer guckten eher verdutzt. Messi beugte sich vor und sah zu den UB rüber. Die grinsten breit. Es könnte durchaus sein, dass denen der Witz gefallen hatte. Zu ihnen würde das passen.

Jetzt stand Pia auf. Sie klatschte. Andere klatschten mit, wenn auch sehr langsam. Es war eher ein höflicher Applaus. Der aber stachelte Vater Ringmer noch mehr an.

»Jo, was geht ab?«, rief er und klatschte in die Hände. »Sagt der Gast zum Kellner: ZAHLEN! Sagt der Kellner zum Gast: BUCHSTABEN!«

Diesmal schlugen die Zwillinge die Hände über dem Kopf zusammen. Die UB lachten wieder. Das war alles.

»Apropos Buchstaben. Hier kommt der Mann mit den sechzehn Buchstaben. Fernando González!«

Gott sei Dank hatte er jetzt Messis Vater angesagt. Das gab Zeit zum Erholen. Es tat Messi leid für die Zwillinge. Die aber zuckten nur mit den Schultern. Sie kannten ihren Vater, der war von einem geradezu ungebremsten Selbstbewusstsein.

Messi war sehr angespannt, wie ihr Papa nach der Moderationskatastrophe mit seiner Vorstellung ankam. Er hatte seine Gitarre mitgebracht und in den letzten Wochen extra viel geübt. Aber kaum stimmte er die ersten Akkorde der spanischen Melodie an, klatschte das gesamte Publikum mit. Messi sah sich um. Alle machten entspannte und fröhliche Gesichter. Fernando zauberte Urlaubsstimmung in die

Schule. Ihre Mutter und ihre Oma, die zwei Reihen hinter ihr saßen, sahen glücklich aus. Fernando fing an zu singen. Jetzt war der Urlaubsabend perfekt.

In der Pause kam Pedro angelaufen.

»Messi, hast du Papa gehört? Der kann singen! Ich habe auch schon eine Idee, wie wir ihn vermarkten können. Es gibt doch so Geburtstagskarten, die ein Lied spielen, wenn man sie aufklappt. Wir könnten doch Brötchen backen, die ein Lied von Papa spielen, wenn man reinbeißt!!!« Pedro strahlte. Er freute sich über sein neues Geschäftsmodell. Messi war überzeugt, dass ihr Bruder später einmal Erfinder werden würde.

»Wir könnten das auch mit dir machen. Wenn man in dich reinbeißt, singst du!« Messi fletschte die Zähne. Pedro wich lachend zurück.

»Benni hat mir übrigens ein Autogramm gegeben!«

»Was hat er gemacht?«, fragte Messi mit einem unguten Gefühl.

»Na, er hat gesagt, ich hätte ein tolles T-Shirt an und ich würde doch bestimmt ein Autogramm von ihm darauf haben wollen. Da dachte ich, es ist besser, ich sage mal nicht nein!« Pedro zuckte mit den Schultern.

»Schlaues Kerlchen!« Messi war fassungslos über Benni, aber wollte es ihrem Bruder nicht zeigen. Er konnte schließlich nichts dafür.

»Dann zeig mal, ob Mister Fußball überhaupt schreiben kann!«

Pedro drehte sich um. Da war keine Unterschrift. Benni hatte mit nur einem Buchstaben das ganze T-Shirt verändert.

»Tut mir leid, Pedro«, sagte Messi. »Aber du musst das Shirt ausziehen. Hintendrauf steht jetzt: ›Ich bin **k**ein Fan der Fortuna Girls!‹«

»Oh, Mist! Dann hole ich jetzt einen Stift, und du streichst ›Fortuna Girls‹ durch und schreibst ›Unbeatables‹ drüber. Dann passt es wieder, und ich kann das T-Shirt anlassen.«

Messi drückte ihren Bruder. So einfach können Lösungen sein. Während sie Pedros Shirt bearbeitete, sah sie kurz zu den UB rüber, die hinter ihrem Verkaufsstand mit den bedruckten Tassen standen. Burak fing ihren Blick auf. Er zeigte auf Pedro und streckte den Daumen nach oben. Es war klar, was er meinte. Tolles T-Shirt! Sie drehte Pedro in seine Richtung und streckte ebenfalls den Daumen nach oben. Burak lief rot an. Ich glaube, das war ein eindeutiges Unentschieden, dachte sie.

Die Pause war zu Ende, und alle liefen wieder zu ihrem Platz.

Schnell hatte Messi den anderen Fortunas die Geschichte mit Pedro erzählt. Sie lachten und winkten den Jungs zu. Die blickten etwas zerknirscht drein.

ICH BI
KEIN F
DER
FORT
UNBE
MESSI

Nachdem der Schuldirektor seine Rede gehalten hatte, in der er noch mal ausdrücklich das vorbildliche Engagement der Familie Stegemann lobte, betrat Vater Ringmer wieder die Bühne.

»Kommt jetzt wieder ein Witz?«, fragte Ellie die Zwillinge.

»In der Pause hat er sich anscheinend noch was überlegt. Wir auch! Der Mann gehört nicht zu uns!« Mira und Marie grinsten. Sie nahmen es locker. Das war auch gut so, denn sogleich war ihr Vater wieder in seinem Element.

»Hallo, ich bin es wieder. Und bei euch? Läuft bei euch?« Er blickte erwartungsvoll ins Publikum. »Yolo, ich sehe schon, alles swag! Also noch einen Icebreaker. Was hoppelt durch den Wald und qualmt?«

Ein Schüler sagte: »Achtung, Füße hoch, der Witz kommt flach!«

Ein anderer rief: »Deine Socken!«

Alle lachten.

»Das war cool, man.« Vater Ringmer ließ sich nicht beirren. »Es ist ein Kaminchen! Also Kamin und Kaninchen in einem Wort. Supi, oder?«

Einige stöhnten auf. Andere lachten. Vielleicht im Ernst, vielleicht auch aus Mitleid. Einiges von diesem Abend würde auf jeden Fall Gesprächsthema der Woche in der Schule sein, und der »witzige« Vater zählte mit Sicherheit dazu. Aber das war dem »Comedian« sehr wohl bewusst. Sein

Motto lautete: Besser, es wird sich über jemanden lustig gemacht, als wenn er gar nicht bemerkt wird! Wenn das sein Ziel für den Abend war, dann hatte er es schon mehr als erreicht.

»Und nun zum absoluten Höhepunkt des evening!« Der Vater der Zwillinge fuhr begeistert fort. »Das Schulduell zwischen Ronja Schäfer und Herrn Lüders!«

Nachdem bei Ronjas Namen großer Jubel ausbrach, war danach ein lautes Pfeifkonzert zu hören. Das galt natürlich dem Mathelehrer, der alleine wegen des Fachs bei den Schülern nicht beliebt sein konnte. Außer bei Ronja. Aber die hatte eh überall Topnoten, und besonders in Mathe war sie überdurchschnittlich gut. Sie mochte Herrn Lüders und fand es ein wenig schade, dass sie ausgerechnet ihn im Schulduell schlagen sollte.

Ronja stand auf und ging zur Bühne. Die Fortuna Girls hatten sich extra für sie einen Schlachtruf ausgedacht: »Hipp, hopp, hopp, Ronja du bist top!«, schallte es durch die Aula, und dafür bekamen sie einen fetten Applaus von den Mitschülern. Nur die UB blieben schweigsam sitzen. Natürlich waren sie nicht für den Lehrer, konnten aber auch nicht für eine ihrer Rivalinnen klatschen.

Vater Ringmer bat um Ruhe, und mit einem Mal war es mucksmäuschenstill, sodass man eine Stecknadel hätte fallen hören können. »Also, jeder bekommt fünf Fragen gestellt. Wer am Ende mehr richtig beantwortet hat, hat na-

türlich gewonnen, is simply the best. Und hier ist die erste Frage für beide zum Warmmachen: Was ist weiß und steht hinter einem Baum?«

Er schaute beide auffordernd an. Aber weder Ronja noch Herr Lüders kannten die Lösung. Und raten mochte auch keiner. Eine falsche Antwort wäre ein Punkt für den Gegner. Im Publikum wurde gemurmelt, aber auch dort wusste niemand die Lösung.

»Also no points für beide«, rief Vater Ringmer aus. »Die richtige Antwort wäre gewesen: eine schüchterne Milch!«

Wieder stöhnten die meisten Zuschauer laut auf. Nur gut, dass die Fragen für das Duell nicht von ihm, sondern von einer Kommission aus Lehrern und Schülern ausgewählt worden waren. Er zückte jetzt die Umschläge.

Dann ging alles sehr schnell.

Herr Lüders machte vier Punkte. Bei Frage fünf war er gestrauchelt. Er hatte nicht gewusst, welcher Spieler bei der Weltmeisterschaft in Brasilien auch »der Beißer« genannt worden war. Er hatte einfach James Bond geantwortet und einen großen Lacher dafür kassiert. Er hatte aber beinahe recht gehabt. Denn tatsächlich gab es auch in James-Bond-Filmen einen »Beißer«. Das war so ein fieser Typ mit Metallzähnen, der in einigen Filmen auftauchte. Aber richtig war natürlich Luis Suárez, ein Spieler aus Uruguay. Der hatte im Spiel gegen Italien seinem Gegenspieler in die

Schulter gebissen. So etwas hatte der nicht zum ersten Mal gemacht. Messi hätte die Antwort natürlich gewusst, auch die anderen Fortuna Girls. Außer Pia natürlich. Die achtete nicht auf diese Art von Aktionen. Sie hätte allerdings jede Antwort gewusst, wenn es um die Frisuren von Cristiano Ronaldo gegangen wäre. »Ich würde nicht jeden beißen«, hatte sie geflüstert und hinzugefügt: »Er muss schon auch schmecken!«

Aber dann wurde es ernst für Ronja. Der Umschlag wurde geöffnet. Sie sah angespannt aus, als Vater Ringmer die erste Frage stellte.

»Wie heißt die Hauptstadt von Nepal?« Er hatte die Frage noch gar nicht richtig beendet, als Ronja schon laut »Katmandu« sagte. Das »Richtig« ging im lauten Jubel der Schüler unter. Der erste Punkt war gemacht.

»Frage zwei: Welcher Effekt ist für die Klimaerwärmung mitverantwortlich?«

Auch hier war die Antwort so schnell wie ein strammer Spannschuss. »Treibhauseffekt«, sagte Ronja.

Und wieder bestätigte tosender Applaus die richtige Antwort. Ronja wurde immer sicherer und Herr Lüders immer nervöser. Auch die nächsten beiden Fragen beantwortete sie souverän. Dann kam die fünfte und vielleicht entscheidende Frage. Und wie beim Mathelehrer handelte sie vom Fußball.

»Fünfte und letzte Frage: Für welchen Trainer musste eine Fußballmannschaft aus elf Freunden bestehen?«

Herr Lüders grinste. Er wusste die Antwort. Aber er konnte ja nicht ahnen, dass Ronja gerade für dieses Thema vor dem letzten Training der Fortuna Girls einen kleinen Vortrag vorbereitet hatte. Und während noch einige oberschlaue Fußballfans, darunter auch die UB, Namen wie Jürgen Klopp und Pep Guardiola in den Saal riefen, entspannte sich Ronja und sagte laut und deutlich: »Das ist doch einfach. Das ist Sepp Herberger, Trainer der Weltmeistermannschaft von 1954!«

»Richtig«, konnte Vater Ringmer gerade noch sagen. Der Rest seiner Moderation – und das war besser so – wurde vom stürmischen Jubel übertönt. Ronja hatte es geschafft. Mit 5:4 ging das Schulduell diesmal an die Schüler. Ronja hatte einen schulfreien Tag für sich und ihre Freundinnen gewonnen. Die Fortuna Girls stürmten die Bühne und führten einen wahren Freudentanz auf. Messi sah aus den Augenwinkeln, dass Olli ebenfalls applaudierte, aber dann von Benni mit einem bösen Blick wieder auf den Stuhl gedrückt wurde. Ronja wurde fast erdrückt. Sie sah hinüber in die fünfte Reihe. Dort stand ihr Opa und klatschte mit Tränen in den Augen. Sein »Herberger«-Spitzname hatte ihr Glück gebracht. Auch die beiden Stegemanns in der ersten Reihe spendeten höflich Beifall. Das gehörte sich so in diesen Kreisen. Immer so tun, als ob sie neutral seien. Vielleicht aber konnten sie Ronja tatsächlich leiden und wussten ihre Hilfe bei ihrem Mathe-Loser Benni wirklich zu schätzen. Herr Stegemann sah sich mehrmals um. Messi war sich nicht sicher, aber sie meinte zu bemerken, dass er zu Opa Schäfer schaute. Doch der hatte nur Augen für seine Enkelin.

Die Demütigung

Die Fortuna Girls trugen Ronja auf Händen von der Bühne. Ihr Opa und auch einige andere Zuschauer klatschten sie ab. Das Schiller-Gymnasium hatte seit vielen Jahren mal wieder einen Schüler, der das Duell gewonnen hat. Was für ein Abend! Bisher lief alles perfekt. Keine Störungen durch die UB, sondern eher eine große Welle der Sympathie. Denn der Sieg von Ronja war auch eine gute Werbung für die Fortunas. So würde sicher der eine oder andere Mitschüler demnächst zweimal hinschauen, wenn er die Mädchen auf dem Schulhof sah. Messi schloss für eine Sekunde die Augen. Sie stellte sich vor, wie sie auf den Platz liefen zum Spiel gegen die Unbeatables. Die halbe Schule hatte sich um den Fußballplatz versammelt. Sie riefen ihre Namen! Die der Fortuna Girls! Erstmals waren nicht die Jungs die Stars, sondern die Mädels. Ihre Trikots leuchteten in der Sonne, und der Schriftzug auf dem Rücken signalisierte ganz klar: Ab jetzt ist Schluss mit lustig. NICHTS KANN UNS STOPPEN!

In diesem Moment wurde Messi etwas unsanft aus ihrem Tagtraum gerissen.

Yalla stupste sie in die Seite. »Hey, Träumerle, jetzt wird es ernst. Der Oberindianer kommt!« Yalla zeigte auf den Direktor, der sich mit einem riesigen Pokal auf den Weg zur

Bühne machte. Der letzte Programmpunkt des alljährlichen Frühlingsfests war die Auszeichnung für die erfolgreichsten Sportler der Schule. Der Pokal hatte auch am Schiller-Gymnasium seine eigenen Gesetze. Eine Überraschung war die Verleihung in den letzten Jahren nämlich nie gewesen, denn es hatten immer die Unbeatables um Benni Stegemann gewonnen, die gleichzeitig die Schulmannschaft stellten. Auch hier hatten sie alle ihre Gegner »abgeräumt«, wie sie es gerne nannten. Sie waren wie in jedem Jahr Stadtmeister und Bezirksmeister geworden. Für die Schule war das natürlich prima. Es gab viele Zeitungsartikel, die der Direktor stolz sammelte und im Gang vor dem Lehrerzimmer aufhängte.

»Eigentlich schlimm genug, dass die Angeber gleich auf die Bühne kommen! Aber dass euer Vater auch noch mal dabei ist, ist schon irgendwie die Höchststrafe!«, sagte Yalla an Mira und Marie gewandt.

»Du hast ja so recht«, antwortete Marie. »Aber du musst das positiv sehen. Es ist gleich vorbei, und dann haben wir unsere Ruhe. Zumindest bis wir wieder zu Hause sind. Unser Vater findet sich toll und will natürlich hören, dass er gut war! Aber selbst, wenn wir ihm die Meinung sagen, ändert er sich nicht!«

»So ist das mit Eltern«, mischte sich Ellie ein. »Sie wollen immer, dass man sich verändert. Sie selber aber machen nichts mehr und bleiben unantastbar. Mein Vater sagt, ich

solle mal wieder zum Friseur gehen, ihm selber aber wachsen die Haare schon aus den Ohren. Ach«, Ellie seufzte, »ich möchte auch endlich erwachsen sein.«

Pia hatte dem kurzen Gespräch die ganze Zeit gelauscht. Sie wurde nachdenklich. Normalerweise kam an so einer Stelle immer eine blöde Bemerkung von ihr, die sich entweder mit Jungs oder Klamotten beschäftigte. Also so was wie: »Wenn ich erwachsen bin, kann ich wenigstens bei Gucci einkaufen.« Oder: »Wenn ich erwachsen bin, heirate ich einen süßen Typen, der viel Geld hat. Das Aussehen ist mir dabei völlig egal.«

Jetzt aber sagte sie: »Ich hätte gerne einen Vater wie euren. Dann hätte ich wenigstens jemanden, über den ich mich aufregen könnte. Bei meiner Mutter kann ich das nicht machen. Die schiebt sowieso schon zu viel Frust.«

»Kein Wunder bei der Tochter«, sagte Messi und ärgerte sich in diesem Moment schon über ihren blöden Spruch. Es war normal, dass man bei Pia sofort einen auf Lager hatte. Sie hatten sich alle schon sehr daran gewöhnt, sie nicht immer ganz für voll zu nehmen. Aber das war jetzt gerade etwas anderes. Messi machte eine entschuldigende Geste.

»Sorry, Pia, tut mir leid, ich wollte mich nicht lustig machen. Es ist nur ... mir war bisher noch nicht klar, dass du es schlimm findest, dass dein Vater vor ein paar Jahren auf und davon ist.«

»Ist schon okay.« Pia schien nicht böse. »Ist nur nicht immer einfach. Meine Mutter sitzt öfter mal abends zu Hause und heult. Dann kann ich sie schwer trösten.«

»Ronjas Vater ist auch alleine, vielleicht können wir die beiden verkuppeln!«, schlug Ellie vor. Mal wieder eine ihrer grandiosen Ideen. Aber Ronja sah sie nur böse an. Seit ihre Mutter früh gestorben war, passte zwischen sie und ihren Vater nicht ein Blatt Papier. Sie konnte sich nicht vorstellen, dass sie mal eine neue Mutter haben könnte. Aber sie hatte ja auch nicht geglaubt, dass sie jemals in einem Fußballteam mitmachen würde.

»Jetzt mal ruhig und konzentriert«, unterbrach Mira das Gespräch. »Lasst uns demnächst auf dem Kahn mal drüber reden. Wir sollten uns jetzt bereit machen für das größte BUHHH! in der Geschichte des Fußballs. Wenn die Jungs den Pokal entgegennehmen, sollen sie ihr blaues Wunder erleben.«

Messi schüttelte energisch den Kopf. »Seid ihr verrückt? Wollt ihr so sein wie die? Wir haben geschworen, fair zu sein. Und das sollten wir auch bleiben. Also das Höchste der Gefühle ist ...«, sie zögerte einen Moment, »gar nicht zu klatschen! Quasi neutral zu bleiben.«

Die anderen nickten. Auch Mira. So sollte es sein. Sollen die Jungs doch unfair sein, die Fortuna Girls sind es eben nicht!

Auf der Bühne war inzwischen eine Leinwand aufgebaut worden. Das war neu und hatte es bisher noch nie gegeben. Keiner wusste so recht wofür, aber das war auch egal. Denn der Hobby-Moderator betrat wieder die Bühne.

»So, liebe audience, jetzt noch mal ein Test: Do you feel alright?« In der Aula herrschte abweisende Stille, vereinzeltes Hüsteln, aber er fuhr unbeirrt fort. »Okay, ihr seid gut drauf, es läuft bei euch, ihr wollt es haben, hier ist euer Direx!« Er zeigte auf den Direktor. Der stand schon die ganze Zeit direkt neben ihm und war froh, dass er jetzt endlich an der Reihe war.

»Liebe Schülerinnen und Schüler des Schiller-Gymnasiums, liebe Sportsfreunde. Es ist mir immer eine große Ehre, am Ende unseres tollen Frühlingsfests die erfolgreichsten Sportler der Schule hochleben zu lassen. Oder besser gesagt, in diesem Fall eine ganze Fußballmannschaft. Wie immer haben viele unserer Schüler auch in anderen Sportarten tolle Leistungen erbracht, aber wieder kam niemand an unsere Fußballjungs heran. Die Unbeatables haben ihrem Namen auch in diesem Jahr wieder alle Ehre gemacht. Keine einzige Niederlage haben sie kassieren müssen, und ich weiß nicht, wer überhaupt ein Tor gegen sie geschossen hat.«

Wir!, dachte Messi. Aber bei der Flut an kassierten Toren brauche ich jetzt gar nicht erst Einspruch zu erheben.

»Deswegen haben sie zum fünften Mal in Folge den Ehrenpreis völlig verdient. Der Pokal ist wie immer gestiftet von der Maschinenfabrik Stegemann, einem großen Förderer unserer Schule.«

Herr Stegemann stand auf. Es wurde applaudiert. Er verbeugte sich und machte eine Geste, die sagen sollte: Bitte, nicht dafür, das ist doch selbstverständlich. Man hätte hinzufügen können: Wenn mein Sohn so das Abitur schafft, bitte schön. Er machte auf jeden Fall ein zufriedenes Gesicht, als er sich setzte und dabei seiner Frau die Wange tätschelte.

»Und ich freue mich besonders, dass einer der erfolgreichen Fußballer der Sohn unseres großzügigen Gönners ist. Benni Stegemann ist nicht nur der Kapitän, sondern auch der Kopf des Teams, also ein Philipp Lahm der Unbeatables.« Er lachte, als ob er einen guten Witz gemacht hätte. Hatte er aber nicht, denn nicht nur Messi wusste, dass Benni keineswegs die Klasse von Lahm hatte. Denn wer der Kopf ist, hat normalerweise auch Köpfchen. Und das war bei Benni nicht besonders ausgeprägt. Den Fortuna Girls war das sonnenklar. Die Mädels saßen in ihrer Reihe und waren fassungslos über die Lobeshymnen. Für Messi war es besonders schlimm, da für sie ein Preis nur dann verdient war, wenn neben dem sportlichen Erfolg auch eine gewisse Größe hinzukam. Die anderen hatten in den letzten Jahren zwar schon Ähnliches beim Fest gehört, damals aber flogen die Flanken mit den Lobeshymnen für die Jungs noch an ihnen vorbei. Es war ihnen egal, sie waren ja selbst noch keine Fußballerinnen. Anders als heute!

Der Direktor kam mit seiner Rede nun langsam zum Ende.

»Und deshalb bitte ich jetzt Benni Stegemann auf die Bühne, damit er als Kapitän den Pokal für seine Mannschaft entgegennehmen kann.«

Der Verfolgerspot tauchte Benni in ein helles Licht.

»Wenn der mal so helle wäre wie das Licht, das auf ihn scheint«, flüsterte Messi. Die anderen nickten.

Benni machte sich auf den Weg zur Bühne. Natürlich unter dem donnernden Applaus der anwesenden Schüler, Lehrer und Eltern. Wie abgesprochen enthielten sich die Fortuna Girls und klatschten nicht. Mit hochrotem Kopf stand Benni am Bühnenrand und nahm den Pokal entgegen. Eingraviert in goldenen Buchstaben stand da der Name Unbeatables. Irgendwann schnappen wir uns den Pokal, dachte Messi. Benni bedankte sich mit einer kleinen Verbeugung und holte die anderen Mitglieder seines Teams auf die Bühne. Burak, Leon und Olli sangen dabei »We are the champions«!

»Wie peinlich ist das denn?«, entrüstete sich Ellie. »Das Lied ist doch schon lange total uncool. Wer singt denn so was noch auf einer Siegesfeier?«

»Ich finde, Leon singt das aber toll!« Der Satz konnte nur von Pia kommen. Die anderen blickten böse zu ihr herüber.

»Dann soll er sich bei Dieter bewerben und das mit dem Fußball lassen. Damit wäre uns allen geholfen«, blaffte Mira, und alle Fortunas außer Pia nickten zustimmend.

»Dann muss ich aber auch noch singen lernen, um an ihn ranzukommen«, sagte Pia leicht verzweifelt.

»Aber dafür kannst du dann mit deiner Mutter im Duett Lady Gaga unter dem Weihnachtsbaum trällern. Das wäre doch auch eine gute Idee.« Yalla setzte nach.

»Aber nur, wenn er mir dann einen Antrag macht!«, erwiderte Pia und grinste verschmitzt.

»Den Antrag, auf den Mars auszuwandern, würde ich dann für euch unterschreiben. Und jetzt Ruhe. Ich hoffe nicht, dass es noch eine Rede von den Gewinnern gibt.« Messi schaute wieder konzentriert zur Bühne. Dort standen jetzt alle UB in einer Reihe. Und tatsächlich holte Benni einen Zettel aus der Tasche und begann zu lesen.

»Also, danke, ich finde wir haben den Pokal wie jedes Jahr verdient«, las er vor.

Burak ballte die Fäuste und fügte hinzu: »Ja genau, voll richtig, wir sind's einfach!«

»Olli?« Benni sah zu Olli.

»Ja, natürlich, stimmt wie immer!«, sagte er, nickte und wirkte dennoch etwas verschüchtert.

»Was ist mit dir, Leon?«, fragte Benni weiter.

Leon kaute Kaugummi und machte auf ziemlich locker. »Klar, wer sonst? Ich weiß keinen Besseren!«

»Also dann haben wir das noch mal klargestellt. Und im nächsten Jahr gehört er dann uns.« Benni küsste theatralisch den Pokal. »Wer ihn sechsmal gewonnen hat, der darf ihn behalten.« Er lächelte. »Ich wüsste jedenfalls keine Mannschaft, die ihn uns streitig machen könnte.« Dabei schaute er für einen kurzen Moment direkt zu Messi. Was sollte das? Sie war sich nicht sicher, was der Blick zu bedeuten hatte. Wahrscheinlich aber war alles für ihn nur ein Spiel. Er hatte ja oft genug betont, dass er in den Fortuna Girls keine Bedrohung sah. Warum sollte er seine Meinung geändert haben?

Die Vorführung der UB wurde auf einmal unterbrochen. Der Sportlehrer betrat die Bühne. Auch das war neu. Er bekam einen freundlichen Applaus. Herr Melzer war sehr beliebt bei den Schülern. Er organisierte gerne Ausflüge und Turniere und drückte bei den Prüfungen an Reck und Barren schon mal ein Auge zu.

»Also, Jungs, meinen Glückwunsch! Und wir machen euch und den Anwesenden sicher eine große Freude, wenn wir uns zusammen eure schönsten Tore anschauen. Dann mal Licht aus, und los geht's.«

Tatsächlich hatte Herr Melzer irgendwoher Filmaufnahmen ausfindig gemacht, die die Unbeatables auf dem Platz zeigten. Manchmal in schlechter Handy-Qualität, manchmal aber auch mit einer guten Kamera gedreht. Am laufenden Band fielen Tore, untermalt von harten Beats. So richtig wie in der Sportschau. Die Zuschauer klatschten rhythmisch mit. Und für Fans sah das alles toll aus. Leon mit der Hacke, Fallrückzieher von Benni, Leon schneidet den Ball um den Gegenspieler herum, und Burak knallt den Ball in den Winkel.

Für Messi und die Mädels aber war das der beste Beweis für die Unfähigkeit der Jungs. Denn oft waren die Gegner kleiner, schon längst ausgespielt oder generell viel schlechter. Da hätte jeder gut gegen ausgesehen. Und dafür ließen sie sich jetzt feiern. Doch das war noch nicht alles.

Als das kurze Video vorbei war, klatschten Benni und Co. sich selber Beifall. Dann übergab Benni Herrn Melzer etwas, das Messi nicht sehen konnte. Er verließ die Bühne, und das Licht ging wieder aus. Benni ging an den Bühnenrand, und ein Spot fiel auf ihn.

»So, das waren geile Tore«, sagte Benni, »aber jetzt kommt noch etwas ganz Besonderes.«

»Voll geil auch!«, freute sich Burak und hüpfte aufgeregt hin und her.

»Wir haben ja immer Gegner, die sich gegen uns richtig reinhängen. Ohne Erfolg natürlich. Und den unerfolgreichsten Versuch des Jahres gibt es jetzt zu sehen. Als Beispiel und als Warnung.«

»Ein bisschen Niveau muss schon sein«, sagte Leon kaugummischmatzend. »Und ihr könnt jetzt übrigens Tassen von uns kaufen, da drüben am Stand!«

Dann startete ein Video.

Die folgenden drei Minuten erlebten die Fortuna Girls wie in Trance, als hätte sich ein dämpfender Nebel in die

Aula gelegt. Von weit weg drangen Stimmen zu ihnen, ihre eigenen Stimmen. Sie riefen, sie schrien, sie brüllten. Und sie spielten Fußball. Gegen die Jungs. Schemenhaft nahm Messi den Platz am Kahn wahr, sie und die anderen waren Spielfiguren für die Unbeatables. Irgendjemand lachte. Ein Tor fiel nach dem anderen. Ein Albtraum. Die Fortunas saßen da mit offenen Mündern. Vorne auf der Leinwand lief das Spiel. Das 1:15, die Klatsche des Jahres. Eine Demütigung. Doch Messi fragte sich, ob das hier nicht noch viel schlimmer war. Die Jungs hatten die Absprache nicht eingehalten, ein Versprechen gebrochen.

Das war der schlimmste Moment in der Geschichte der Fortuna Girls.

Als es endlich vorbei war, war die Bühne wieder hell erleuchtet. Vater Ringmer wünschte allen einen guten Nachhauseweg. Das Frühlingsfest war beendet. Die UB verließen stolz die Bühne. Es war nicht einmal so, dass alle klatschten. Es gab sogar vereinzelt Buhrufe. Doch die Fortuna Girls saßen wie festgeklebt auf ihren Sitzen. Sie hatten das Gefühl, dass alle sie anstarrten. Aber das stimmte nicht. Fröhlich über ein gelungenes Fest standen die meisten Gäste auf und redeten miteinander. Das war also eine Sache zwischen ihnen und den Jungs, und Opa Schäfer. Er kam zu den Mädchen gerannt und sagte als Erster etwas.

»So wahr ich neuerdings Herberger heiße, das zahlen wir denen heim! Ich weiß noch nicht wie, aber uns wird schon was einfallen.« Er hatte von uns geredet. Doch das bekamen die Fortunas gar nicht so richtig mit.

Die Mädchen standen schweigend auf. Selbst Pia war blass und sah sich nicht mehr nach Leon um. Auf dem Weg zum Ausgang gingen sie am Verkaufstisch der UB vorbei. Selbst von den Tassen schienen die Jungs sie noch mal frech anzugrinsen. Da blieb Messi mit dem Fuß am Tischbein hängen. Krachend purzelten die Tassen auf den Boden und zersplitterten in tausend Stücke. Messi murmelte etwas auf Spanisch, das keiner verstand. Dann gingen sie weiter.

Die UB bekamen davon vorerst nichts mit, sie feierten mit ihren Fans ihren »Erfolg«. Den Gewinn des Pokals und den nochmaligen Sieg gegen die Fortuna Girls.

2:35 UHR

Hallo, Dortmund, hier ist Erfurt, die Stadt der feigen Hunde. Ich liege wach. Da kann ich mich auch mal kurz bei euch melden. Ihr schlaft wahrscheinlich selig-süß. Aber ich kriege die Augen einfach nicht zu. Immer wenn ich sie zumache, sehe ich diesen Abend vor mir. Das Frühlingsfest, und wir haben zweimal verloren. Es steht 2:30. Wie schrecklich! Dabei hätte ich es wissen müssen. Die ganze Geheimnistuerei vor dem Fest, die Blicke, die die UB untereinander austauschten, die Andeutungen. Aber dass sie so abgebrüht sein würden, das hab ich mir nicht vorstellen können.

Sie haben das Spiel gegen uns gefilmt. Die Kamera im Busch versteckt. So setzt sich ein Puzzle zusammen. Der Junge, der aus dem Gebüsch kam vor dem Spiel damals, angeblich, um das Revier zu markieren, das breite Grinsen von Burak, der Objektivschutz, den Opa Schäfer gefunden hatte. Aber wir haben eins und eins nicht zusammengezählt und an das Gute in den Jungs geglaubt. Wir waren so bescheuert! »Versprochen ist versprochen und wird auch nicht gebrochen.« Ganz toll. Aber etwas Gutes hat alles doch. Jetzt wissen wir Bescheid. Entweder wir spielen ab jetzt in unserer eigenen Liga, oder wir müssen mit den gleichen Mitteln kämpfen. Obwohl ich das eigentlich gar nicht will. Aber die Unbeatables verstehen es nicht anders. Nennt man das Krieg? Wahrscheinlich hat er schon längst begonnen. Ich habe die Tassen der UB zerstört. Aber sie haben noch viel mehr kaputt gemacht. Sie haben den letzten Rest Vertrauen zerstört. Wir Fortunas müssen auf jeden Fall Kriegsrat halten. Und ich habe schon eine Idee, von der die anderen noch nichts wissen.

Ihr Lieben in meiner alten Heimat, der Abend war ein Albtraum. Und sollte ich jemals einschlafen, kommen bestimmt noch einige dazu.

Bis bald, ihr seid die Besten

Kriegsrat

Am späten Samstagvormittag trafen die Fortuna Girls nach und nach unter Deck ihres Mannschaftskahns ein. Es war allen anzusehen, dass sie eine schwere Nacht hinter sich hatten. Der Frust der Demütigung nagte an allen. Dies war die erste wirklich schwere Bewährungsprobe für die Mädchen, weshalb das Ritual heute ziemlich deprimiert klang.

Sie hielten ihre kleinen Fortunas hoch.

»Wir haben immer noch eine Mannschaft«, begann Messi und klang so überzeugend wie sonst auch, »und ich hoffe, dass uns nichts auseinanderbringen kann. Schon gar nicht diese Jungs! Und als Zeichen dafür stehen alle Fortunas weiter zusammen.«

Langsamer als sonst stellten alle ihre kleinen Glücksbringer auf ihre Namen an die große Statue.

»Seid mutig, bleibt stark, sagt wir!«, sagte Messi.

»Fortuna Girls!«, antworteten die anderen.

»Mit Liebe zum Spiel, mit Liebe zu uns«, sagte Ellie.

Wieder erklang ein »Fortuna Girls«.

»Wir sind mehr als nur ein Sieg«, kam wie immer von Ronja.

»Wir schaffen alles, was wir wollen«, sagte Ellie lahm.

Außer einem Sieg gegen die UB, das schwirrte in diesem Augenblick in den Köpfen der Mädchen herum.

Yalla war die Erste, die nach dem Schwur etwas sagte.

»Schwestern, das war voll die Scheiße gestern Abend! Tut mir leid, dass ich das so sagen muss. Aber dafür gehört die gesamte Bande wie im Mittelalter gerädert, gevierteilt und danach geteert und gefedert.«

»Du hast vergessen, sie in den Fluss zu werfen!«, legte Ellie nach.

»Kann ich mir vorher ein Stück von Leon aussuchen und mit nach Hause nehmen?« Pia wollte die Stimmung mit einem kleinen Witz aufheitern, erntete aber nur böse Blicke.

»Du solltest das Hirn nehmen, dann hast du nicht so viel zu schleppen!«, spottete Mira. »Ich fürchte, selbst in kleinen Stückchen sind sie uns dann immer noch überlegen. Wir können es drehen und wenden, wie wir wollen, die sind uns einfach immer ein bisschen voraus.«

»Und womit?«, warf Messi wütend ein.

»Wie womit? Du warst doch dabei gestern Abend! Du hast doch gesehen, dass sie immer noch ein neues Ding auf Lager haben!« Mira verstand die Frage von Messi nicht.

»Ja, sie sind uns voraus. Aber womit? Sie benutzen unfaire Mittel, sind hinterhältig, und es ist ihnen völlig egal, was sie damit auslösen. Aber das ist auch schon alles!« Messi war aufgestanden. Sie hatte sich entschieden. Sie wollte nicht hinnehmen, dass die Unbeatables ihre Mannschaft auseinanderbrachten und ihre Freundschaft zerstörten.

»Dieses Alles finde ich aber schon ganz schön viel«, warf Ronja ein.

»Ja, Ronja, aber unsere Stärke ist noch nicht das Spiel. Unsere Stärke ist etwas anderes. Wir haben uns. Das ist unglaublich viel wert. Und dafür brauchen wir nicht falsch zu sein und mit faulen Tricks zu arbeiten«, antwortete Messi.

»Genau, das ist eine Frage von Niveau! Auf das von Kaulquappen werden wir uns nicht herablassen!«, pflichtete Ellie Messi bei.

»Das ist ja alles ganz schön«, erwiderte Yalla, »aber wenn wir fair sind, werden wir sie nie schlagen. Nicht diese Jungs. Nicht mit Worten und nicht auf dem Platz!«

»Vielleicht hast du ja recht, Yalla! Ich meine ja nicht, dass man gar keine Tricks anwenden darf. Sie müssen aber nicht unbedingt unfair sein. Wir müssen nur schneller denken und handeln als sie. Das könnte unser Vorteil sein. Wir haben jede Menge Potenzial dafür im Team«, sagte Pia mit Nachdruck und schaute von einer zu anderen.

»Jeder nach seinen Möglichkeiten«, fuhr Messi fort, als sie den Blick der anderen bemerkte, »aber eines ist klar. Wir müssen uns was ausdenken, damit die gesammelte Fußballarroganz demnächst vom Thron fällt!«

»Das klingt in der Theorie ganz prima, aber was könnte das sein?«, fragte Marie.

»Gibt es eine Formel für den Sieg, von der ich bisher nichts gewusst habe?« Ronja wurde stutzig. Sie kannte so ungefähr alle Formeln. Die müsste ihr bisher tatsächlich durchgegangen sein.

Alle blickten Messi erwartungsvoll an. Die antwortete nicht gleich und machte eine kleine, aber bedeutsame Pause.

»Die Formel lautet: Idee plus Kreativität plus Zusammenhalt plus Glück mal Training!«

»Wow! Ist das die Formel von Pep Guardiola, Jogi Löw oder Jürgen Klopp?«, fragte Ellie begeistert.

»Nee, nicht von einem dieser Toptrainer, da wären die vielleicht gar nicht draufgekommen. Diese Formel stammt von unserem neuen Trainer!«

Messi hatte die Katze aus dem Sack gelassen. Sie hatte dieses Treffen vorbereitet und nichts dem Zufall überlassen. Die anderen Fortuna Girls schauten entgeistert. Bisher war Messi ihre Trainerin gewesen und niemand anderes. Sie wollte also ihr Amt aufgeben?

»Stopp mal, Messi!«, sagte Yalla entrüstet. »Auch wenn wir hier nicht alle BVB-Fans sind, aber bei uns läuft das auch nach dem Prinzip der echten Liebe. Ein kleiner Misserfolg ist noch lange kein Grund für einen Trainerwechsel. Schon gar nicht, wenn die Nutznießer die Jungs wären. Somit ist das Festhalten am Trainer quasi ein Gütesiegel. So sehen wir das, Mädels, oder?« Yalla sah alle der Reihe nach an und erntete zustimmendes Nicken und geballte Fäuste.

»Wir haben geschworen, dass wir mehr als nur ein Sieg

sind. Und das soll auch so bleiben!« Ellie war Feuer und Flamme, Messi als Trainer zu verteidigen.

»Nun macht mal halblang«, beschwichtigte Messi ihr Team. »Hier läuft nicht die Französische Revolution, sondern wir wollen einen Schritt nach vorne machen. Und deshalb habe ich lange mit jemandem gesprochen, der schon bewiesen hat, dass er uns extrem gut weiterhelfen kann. In der Schule können wir den Jungs und ihren Bemerkungen nicht entgehen. Aber entscheidend ist, was auf dem Platz passiert! Das hat schon Adi Preißler gesagt. Ein Fußballer aus der guten alten Zeit. Das habe ich recherchiert. Ohne Ronja! Und dieser Preißler war auch Nationalspieler. Und unter wem wohl? Der Bundestrainer hieß Sepp Herberger. Und unser neuer Trainer ist ... Herberger!«

Die Tür zum Mannschaftsquartier ging knarrend auf. Sie musste wohl mal geölt werden, aber das Geräusch verlieh diesem Moment eine besondere Spannung. Denn die anderen Fortuna Girls waren von Messis Rede so überwältigt, dass sie gar nicht mehr darüber nachgedacht hatten, wer denn dieser Herberger sein könnte. Aber jetzt wussten sie es natürlich. Sie hatten ihn selber so getauft.

Opa Schäfer stand in der Tür.

Er sah aus wie immer, mit seiner Arbeitslatzhose und dem Dreitagebart. Aber er hatte einen Pokal in der Hand. Messi hatte ihn schon mal gesehen. Damals, als er ihr sein Geheimnis erzählt hatte. Die anderen staunten ehrfurchtsvoll. Auch Ronja blickte ihren Opa mit großen Augen an. Sie hatte gemerkt, dass er etwas vom Fußball verstand, als er sie trainiert hatte, sich aber nie wirklich gefragt, woher. Sie war zu sehr mit sich und dem Training beschäftigt gewesen.

»Also ihr kennt Herrn Schäfer«, sagte Messi und zwinkerte Ronja zu. »Er hat mir versprochen, uns zu helfen. Und der Mann weiß, wovon er redet. Dies ist der Pott der Pokalsieger. Und Opa Schäfer hat ihn gewonnen!« Messi zeigte auf den Mann, den alle seit einiger Zeit nur noch Herberger nannten. Und dann erzählte er seine Geschichte. Von seiner Zeit als Profi in der DDR, von seinem Pokalsieg mit Vorwärts Berlin, wie er sogar Benfica Lissabon ausgeschaltet hatte mit seinem Team und erst im Viertelfinale ausgeschieden war im Pokalsieger-Wettbewerb. Die Fortuna Girls hingen an seinen Lippen. Besonders Ronja konnte es nicht glauben. Denn diesen Teil der Vergangenheit ihres Opas kannte sie bis jetzt noch nicht.

»Tja, und dann habe ich eine Zeit lang in Erfurt gespielt. Wir hatten ein tolles Team und sind sogar aufgestiegen in die Erste Liga. Ich arbeitete zu dieser Zeit noch in der Maschinenfabrik Stegemann. Denn selbst als Profi konnte man damals nicht so viel verdienen, dass man alleine davon leben konnte. So kam es, dass mein Chef, der Vater von Benni, mit mir in einer Mannschaft spielte. Ich war schon ein bisschen älter als er, und er spielte auch Mittelstürmer wie ich.

Doch an mir kam er nicht vorbei, und der Trainer stellte meistens mich auf und nicht ihn. Das hat ihn anscheinend so geärgert, dass er mich eines Tages in ein anderes Werk versetzt hat. Die Stegemanns produzierten auch in Dresden. So musste ich umziehen und das Team verlassen, das ich wirklich geliebt habe. Und seitdem habe ich dem Fußball den Rücken gekehrt. Aber ihr«, er zeigte mit dem Pokal auf die Fortunas, »habt mir gezeigt, dass es immer noch Teams gibt, die an sich glauben. Das hat mir die Freude am Fußball zurückgegeben. Und natürlich, dass Ronja echt Talent hat und deshalb nicht mehr so oft vor dem Computer sitzen kann!«

Alle lachten.

»Herberger, verstehe ich das richtig? Soll das heißen, Sie haben mit dem Vater von Benni Fußball gespielt? Dem ›großen‹ Gönner der Schule, dessen Sohn anscheinend die schlechten Eigenschaften von seinem Vater geerbt hat?« Ellie konnte es nicht fassen und brauchte noch einmal Bestätigung.

Ronja war ebenfalls noch ganz verwirrt. »Du, Opa, mit Vater Stegemann, und jetzt schaut ihr euch nicht mehr an? Und warum hast du kein Wort von alledem erzählt?«

»Es tut mir leid, Ronja, aber ich wollte dich mit meinem Frust nicht langweilen. Du warst so glücklich, dass du endlich mit dem Ball arbeiten konntest. Und damit hast du auch mir die Freude am Fußball wiedergegeben.«

Herberger schaute seine Enkelin an und fuhr fort.

»Ihr seid ein tolles Team. Ich habe damals gemerkt, dass einer alles kaputt machen kann. Das soll euch auf keinen Fall passieren.«

Ronja war begeistert von ihrem neuen Opa.

»Super, Opa, dann nehmen wir jetzt Rache für dich!«

Herberger wurde ernst.

»Passt auf, Mädchen, das ist eine Sache zwischen ihm und mir. Es hat mit euch nichts zu tun. Auch wenn Benni nicht bei den Unbeatables wäre, würde ich euch unterstützen wollen. Also wenn ihr möchtet, trainiere ich ab jetzt euch alle.«

Die Fortuna Girls brauchten nicht lange für die Entscheidung. Sie vertrauten Messi und der Tatsache, dass er Ronja spielreif gemacht hatte. Außerdem hatte er einen echten Pokal. Endlich etwas, mit dem sie angeben konnten. Sie applaudierten.

Herberger wehrte mit der Hand den Beifall ab.

»Es könnte hart werden«, sagte er. »Denn wir haben einiges zu tun bis zum nächsten Spiel.«

»Nächstes Spiel?« Yalla und die anderen waren verblüfft. »Wir haben vor Kurzem die Niederlage unseres Lebens kassiert. Vielleicht sollten wir erst mal anfangen, die Reste des Frustes wegzufegen, bevor wir den Platz wieder abkreiden?!«

»Pass auf, du Philosophin«, sagte Herberger. »Wir trainieren jetzt eine Woche lang jeden Tag, und am nächsten

Samstag wissen wir, wo wir stehen. In der Jugendherberge am Schloss wohnt gerade eine Schulklasse, die ein Mädchenteam hat. Zum Abschluss ihrer Klassenfahrt wollen sie gerne am Samstag ein Spiel gegen ein gutes Erfurter Team machen. Und da habe ich uns gleich vorgeschlagen!«

»Und wer soll das sein?«, fragte Pia und wusste eigentlich schon die Antwort.

»Die Fortuna Girls!!!« Sie riefen es fast gleichzeitig. Und urplötzlich schien die Freude am Fußball zurück. Sie hatten einen neuen Trainer und ein neues Ziel.

Und einen neuen Gegner!

Rückwärtsfinte

Der Ball ist an deinem rechten Fuß. Setz kurz die Sohle drauf und …

… zieh den Ball hinter dich.

Führ den Ball mit dem Spann hinter deinem Rücken nach links. Dein Gegner denkt, du würdest mit der Hacke spielen, aber du …

… ziehst den Ball mit viel Schwung wieder nach rechts und läufst davon.

Der nächste Gegner ist immer der schwerste

Herberger hatte in der letzten Woche mit den Fortuna Girls hart trainiert. Alle waren abends komplett hinüber von den vielen kleinen Trainingsspielchen, die zwar Spaß machten, aber auch viel Kraft kosteten. Ellie hatte beim Torschusstraining so viel zu tun, dass sie nach einer Reihe von Schüssen wie ein Käfer auf dem Rücken lag und nach Luft schnappte. Ronja und Messi waren die Schützen und spürten ihre Füße kaum noch. Mira und Marie übten faires Tackling, und auch das Training vor dem Spiegel unter Deck der Fortuna hatte sich ausgezahlt. Alle bestätigten ihnen, dass sie inzwischen viel böser gucken konnten als noch vor ein paar Wochen. Einzig Pia tat sich schwer mit den Trainingsformen. Sie hatte immer noch den Hang, sich so wenig wie möglich dreckig zu machen, und ging den Zweikämpfen eher aus dem Weg. Herberger hatte lange überlegt und heimlich mit Messi gesprochen. Danach bekam Pia den Auftrag, sich jedes Mal, wenn eine Gegenspielerin kommt, vorzustellen, Leon würde an ihr vorbeilaufen. Natürlich nachdem er vorher gerade mit ihr Schluss gemacht hatte. Das war der Durchbruch: Pia war danach selten so perfekt im Zweikampf wie in diesen Trainingseinheiten. Yalla hatte sogar noch mehr gute Ideen. Wenn der Trick mit Leon nicht mehr ziehen würde, müsse man eben mal einen Parfüm-Diebstahl erfinden und sie den Räuber verfolgen lassen. Das fanden alle überzeugend! Mentales Training ist zwar nicht für jeden was, aber der Trick schien bei Pia gut zu funktionieren. Yalla selbst war inzwischen sehr stabil in der Ballverarbeitung und konnte immer angespielt werden. Sie war ausgesprochen flink. Nicht umsonst war Yalla ja auch ihr Spitzname, was so viel heißt wie schnell. Manchmal allerdings überholte sie sich selber und lief am Ball vorbei. Das passierte immer, wenn die Beine schneller waren als der Kopf. Aber das war zu verschmerzen. Sie war meistens schnell genug, sich den verlorenen Ball zurückzuholen.

Insgesamt sah das alles schon sehr nach Fußball aus. War beim Spiel gegen die UB Messi noch die Einzige gewesen, die spielerisch wirklich etwas zu bieten hatte, so hatte sich das Niveau inzwischen extrem verbessert. Das war auch ein Verdienst von Herberger, der genau erkannt hatte, wo die Stärken und Schwächen der einzelnen Spielerinnen lagen. Messi wusste das aus Erfahrung: Ein Spieler kann gut sein, aber ein guter Trainer macht ihn besser. Und Herberger hatte in seiner Karriere jede Menge Erfahrung gesammelt. Der Schachzug, ihn nach Hilfe zu fragen, war der richtige gewesen. Und auch die Tatsache, dass die Fortunas in der Schule jeden Blickkontakt und jeden Aufprall mit den Jungs vermieden hatten. Das war allen schwergefallen, aber sie hatten ja ein Ziel. Und das Wichtigste war, dass die UB von ihrem Spiel gegen das Mädchenteam nichts mitbekamen. Aber die Sorgen waren diesmal ziemlich unbegründet. Messi und ihre Freundinnen hatten den Eindruck, dass die Unbeatables noch mehr in ihrer Erfolgswelt lebten als sonst. Sie dachten über gar nichts anderes nach als über sich selbst. Und konnten sich nach der Blamage auf dem Schulfest nicht vorstellen, dass die Fortuna Girls dabei waren, sich stark zu machen. Für den Kampf gegen sie!

Das Spiel sollte auf dem Platz hinter dem Schloss stattfinden. Der lag sehr idyllisch direkt am See und wurde von den Erfurtern auch »das Ballgrab« genannt. Denn nicht wenige schöne Flanken landeten nicht vor dem Tor, sondern im See. Sehr zur Freude der Fischer übrigens. Die fuhren einmal im Jahr den Bereich am Ufer ab, sammelten mit Netzen die Bälle wieder ein und schenkten sie dem Kindergarten. Das nennt man Nachwuchsarbeit.

Als die Fortuna Girls mit den Rädern dem Schloss näher kamen, fühlten sie sich gut vorbereitet. Aber der Anblick der Gegnerinnen ließ sie auch nicht unbedingt lockerer werden. Denn der FMC aus Rathjensdorf, ein Team aus Norddeutschland, machte einen sehr robusten Eindruck. Nicht gerade schmächtig und im Schnitt etwas größer als die Fortunas!

»Sag mal, haben sie die aufgepumpt? Die sehen aus, als wären sie ein paar Jahre älter als wir«, sagte Yalla beim Anblick des Teams.

»Wenn Alter sich über Gewicht bestimmt, ist das richtig«, bemerkte Ellie.

»Dann bist du also schon in Rente!«, lachte Pia.

»Moment mal, ich habe Idealgewicht!« Alle schauten sie an. »Ja, für das Tor! Meine Breite macht das Tor kleiner!« Sie lachte.

»Ach Ellie, du bist einfach nicht aus der Fassung zu bringen. Wir sind auf jeden Fall froh, dich im Tor zu haben. Mit oder ohne Idealgewicht!« Messi war stolz auf Ellies Selbstbewusstsein. Sie war wirklich abgebrüht gegenüber allen Arten von Sprüchen, und sie konnte austeilen. Selbstzweifel waren nicht zu erkennen.

»Wenn ich nur noch Salat essen würde wie du, Pia, würde ich kaum stehen bleiben, wenn ein Ball mit 200 km/h auf mich zugeschossen käme«, Ellie stellte sich hin wie im Tor, »und ihn dann locker fangen.« Sie schmiss sich der Länge nach hin.

Die Fortuna Girls lachten.

Die FMC-Spielerinnen schauten hinüber und schüttelten den Kopf. Sie hatten noch nie einen Gegner gehabt, dessen Torhüterin auf dem Fahrrad Trockenübungen machte und sich freiwillig in die Matsche warf. Ohne Ball!

»Los, Mädchen, auf geht's, warm machen. Das Spiel startet in fünfzehn Minuten. Ich hab gerade mit der Lehrerin geredet. Das Team ist nicht so stark. Die könnt ihr packen!« Herberger war inzwischen aufgetaucht. Ohne seine blaue Latzhose und ständig dreckverschmierten Finger sah er ganz anders aus. Er hatte sich ordentlich rausgeputzt und sah aus wie Jürgen Klopp bei Champions-League-Spielen. Nahezu ordentlich rasiert und mit Anzug. Wow! Das hatten die Fortunas nicht erwartet. Aber das Zeichen war eindeutig. Er wollte damit sagen: Das hier nehme ich ernst. Dass er allerdings bei der Stärke des Gegners etwas untertrieben hatte, wusste sein Team noch nicht. Die Gedankengänge und Strategien eines Trainers sind eben unergründlich.

Herberger blickte auf den Platz. Er machte sich schon ein paar Sorgen. Er hoffte, dass die Mannschaft aus Rathjensdorf seine Fortunas nicht allzu hart angehen würde. Denn alles konnten die Fortuna Girls jetzt gebrauchen, nur keine weitere Demütigung. Er rief die Mädchen zusammen. Das war seine erste Trainer-Ansprache vor einem Spiel.

»Okay, Mädchen, dies ist euer erstes Spiel. Ich sehe an eurem Blick, was ihr jetzt denkt: Stimmt nicht, wir haben schon eins gemacht! Aber genau das ist nicht richtig. Das Spiel, an das ihr denkt, ist nie passiert. Es muss raus aus euren Köpfen. Heute fangt ihr noch mal von vorne an. Ihr seid stärker geworden, ihr habt für diesen Tag hart gearbeitet.«

Ellie unterbrach ihn. »Wir wollten schon den Spitznamen für Sie wechseln. Aus Herberger sollte Magath werden, so haben uns die Knochen abends wehgetan!« Die anderen nickten.

Herberger schmunzelte. »Ihr sollt in der Lage sein, zweimal dreißig Minuten Gas zu geben. Das ist hier kein Kindergeburtstag!«

»Stimmt, wenn ich die Gegnerinnen so anschaue, ist das eher ein Seniorentreff!« Yalla drückte das aus, was die anderen dachten. Herberger aber sagte nichts weiter und beendete die Diskussion mit einer knappen Handbewegung.

»Genießt es!«, sagte er und schickte sie auf den Platz.

Die Fortuna Girls liefen zur Mitte und stellten sich in einer Reihe vor ihre Gegnerinnen.

»Warum ist es plötzlich so dunkel? Ich kann ja nicht mal mehr die Farbe meiner Schuhe erkennen«, beschwerte sich Pia.

»Das ist der FMC aus Rathjensdorf. Die sind so groß, dass sie eine komplette Sonnenfinsternis verursacht haben. Du kannst zur Not durch die Beine gucken. Da ist wieder Licht! Und deine Schuhe sind rosa!« Ellie nahm es mit Humor.

Die Schiedsrichterin war die Sportlehrerin der Klasse. Die Fortuna Girls gewannen die Platzwahl und hatten Anstoß. Was dann folgte, war kein gewöhnlicher Sturm, sondern einer mit Dauerregen und Gewitter. Denn das Team aus Rathjensdorf ließ den Ballbesitz der Fortunas gar nicht erst zu. Kaum war das Spiel freigegeben, stürmte der FMC immer mit zwei Spielerinnen gleichzeitig auf den Ball. Für

Yalla hieß das: Sie hatte ihn ungefähr zwei Sekunden lang, danach rannte eine wilde Horde auf Ellies Tor zu. Den ersten Schuss fälschte Pia ab. Er senkte sich kurz hinter dem Tor ins Aus.

»Ich hab an Leon gedacht!«, rief sie stolz.

Messi lief an ihr vorbei, um beim Eckball hinten auszuhelfen.

»Dann denk ab jetzt auch noch an Benni und Burak. Und dass sie dir noch viel Geld schulden.« Sie hatte so eine Vorahnung, was gleich passieren würde. Denn als sich eine Spielerin den Ball zur Ecke hinlegte, kam eine Verteidigerin mit nach vorne. Die wurde Hummels gerufen. Und genau das hatte Messi sich gedacht. Sie rief noch Mira zu, sie solle übernehmen, da segelte der Eckball vor das Tor, und »Hummels« rammte den Ball mit dem Kopf in den Winkel.

1:0 für den FMC. Gespielt waren genau zwei Minuten. Der Gegner jubelte. Die Fortuna Girls erinnerten sich, dass sie so etwas doch schon mal erlebt hatten. Aber da waren die UB der Gegner, und das war vergangen.

»Wach bleiben, ihr müsst dagegenhalten. Und spielt den Ball schnell ab. Dann laufen die Kraftpakete ins Leere«, rief Herberger aufs Spielfeld.

Das war einfacher gesagt als getan. Denn besonders Ronja hatte Schwierigkeiten. Sie verlor den Ball schneller, als es ihr lieb war. Ihr fehlte einfach die Spielpraxis, um genau zu wissen, wie man in so verzwickten Situationen reagiert.

Dennoch ließ sie jetzt eine Gegenspielerin aussteigen und spielte den Ball Messi in den Fuß. Die wurde von hinten unsanft von den Beinen geholt.

Es gab Freistoß. Ohne Freistoßspray.

Das führte dazu, dass die Mauer gefühlte zwanzig Zentimeter vor ihr stand. Eine Wand! Aber Yalla war schnell. Messi täuschte einen Schuss an und spielte dann flach an der Mauer vorbei.

Yalla erreichte den Ball am Fünfmeterraum und trat über ihn. Sie drehte sich einmal im Kreis und fiel um. Der FMC Rathjensdorf amüsierte sich. Aber auch die Fortuna Girls mussten lächeln. Es sah einfach zu lustig aus, wie Yalla in diesem Fall Eiskunstlauf vorführte, statt Fußball zu spielen.

»Na also, es geht doch! Weiter so, nur nicht einschüchtern lassen!« Mira feuerte die anderen an. Und sah sich ein paar Minuten später wieder drei Gegenspielerinnen gegenüber.

»Ene, mene, meck, und du bist weg«! Sie musste sich eine aussuchen. Sie grätschte und lenkte den Ball zu Messi. Die bekam ihn unglücklich ans Knie, und er rollte entgegengesetzt der Laufrichtung von Ellie ins eigene Tor!

Eigentor von Messi. Sie hatte zum zweiten Mal für die Fortuna Girls getroffen. Nur stand es jetzt nicht 1:1, sondern 0:2.

Es folgten noch zwei Glanzparaden von Ellie und ein

Pfostenschuss. Torschüsse auf Seiten der Fortuna Girls: null! Dann war Halbzeit.

»Mann, hab ich schwere Beine.« Marie plumpste auf den Boden.

»Das geht mir genauso. Wenn wir nicht so hart trainiert hätten, wären wir bestimmt besser«, sagte Yalla.

Die anderen schauten verschwitzt auf Herberger.

»Leute, wenn wir nicht so hart trainiert hätten, hätten wir jetzt schon zehn Stück kassiert. Die sind voll im Saft. Gut, dass wir das 0:2 gehalten haben.« Der Trainer sah gar nicht so unglücklich aus. Das verstanden die Fortunas aber nicht.

»Passt auf! Ich hab es euch verschwiegen, dieses Team gehört zu den besten im Norden. Sie spielen aber sehr rustikal. Technisch seid ihr überlegen. Aber ihr müsst trotzdem in der zweiten Halbzeit über den Kampf zum Spiel kommen. Und das könnt ihr! Gleich sind eure schweren Beine Geschichte. Und dann knackt ihr die. Bestimmt!«

»Okay, Trainer«, mischte sich Ellie ein, »aber die sind groß, die sind schwer und teilen ordentlich aus!«

»Die sind wie du!«, bemerkte Yalla und sorgte für ein Schmunzeln.

Ellie ballte die Fäuste. »Jetzt reißt euch zusammen. Die Gören aus der Provinz machen wir jetzt fertig!«

Sie stürmten wieder auf den Platz. Herberger hielt Messi zurück. »Nutz deine spielerische Kraft, dann werdet ihr das Ding schon drehen. Aber von alleine geht das nicht. Ihr müsst was dafür tun.«

»Okay, Herberger, wie sagst du immer so schön: Wer den Ball hat, gewinnt das Spiel! Also los!« Sie rannte hinterher, und die Auferstehung der Fortuna Girls nahm ihren Lauf.

Die ersten Minuten der zweiten Halbzeit vergingen sehr schnell. Denn die FMC-Mädels dachten, sie könnten das Spiel gemütlich nach Hause schaukeln und damit ihren Aufenthalt in Erfurt mit einem Sieg abrunden. Aber die Taktik von Herberger war perfekt gewählt. Denn von Anfang an hielten die Fortuna Girls diesmal dagegen. Wenn die Kraft und die Körpergröße nicht ausreichten, blitzte ihre feine Technik auf. Ein ums andere Mal ließen sie den Gegner geschickt ins Leere laufen, indem sie den Ball schnell spielten. Dazu gehörte natürlich eine große Lauffreude. Aber es war tatsächlich so, wie ihr Trainer es vorausgesagt hatte. Plötzlich waren ihre Beine nicht mehr schwer, fast leichtfüßig bewegten sich die Fortuna Girls über den Platz und nutzten ihre Schnelligkeit. Dann wagte Ellie etwas. Als das Team aus Rathjensdorf wieder einmal ungestüm auf das Tor zurannte, kam sie wie Manuel Neuer schnell aus ihrem Kasten und spielte den Ball sofort nach vorne. Am Mittelkreis waren Messi und Ronja in der Überzahl. Nur eine Gegenspielerin stellte sich ihnen entgegen. Sie wollte schon ein taktisches Foul versuchen, als Messi sich plötzlich drehte und somit das Foul abwendete. Messi hatte freie Bahn und lief alleine auf das Tor zu, in der Mitte ging Ronja mit. Sie passte im richtigen Augenblick zurück, und Ronja schob den Ball ins leere Tor. Es stand nur noch 1:2.

Erstmals konnten die Fortuna Girls in dieser Besetzung jubeln. Auch Herberger ballte die Fäuste am Spielfeldrand. So wollte er die Fortuna Girls sehen. Je mehr seine Mann-

schaft seine Vorgaben umsetzte, desto häufiger standen sie vor dem Tor des Gegners. Und umso häufiger machte dieser haarsträubende Fehler. Selbst Pia wurde auf der rechten Abwehrseite mutiger und nahm der kräftigsten der Rathjensdorferinnen den Ball ab. Und strahlte hinterher.

»Ganz ohne Einbildung«, rief sie Messi zu, die ihr hochachtungsvoll zunickte. Yalla schoss auf der rechten Seite los und bekam den Ball butterweich in den Fuß gespielt. Wie-

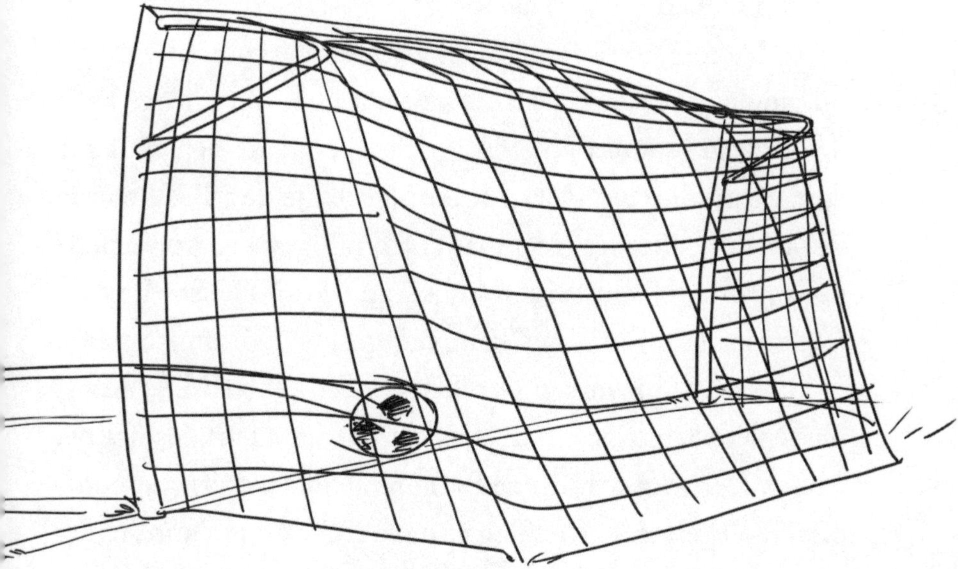

der lief sie in den Strafraum bis zum Fünfmeterraum. Und während die Gegner wieder auf eine Pirouette warteten, trat sie auf den Ball. Die Torhüterin flog los. Plötzlich war das Tor leer. Wieder gab es einen Querpass. Diesmal schob Mira den Ball über die Linie. Ausgleich! 2:2! Die Fortuna Girls tanzten auf dem Platz. Für sie war das schon wie ein gefühlter Sieg. Aber Herberger tobte an der Seitenlinie und winkte alle zurück zur Mitte.

»Das Spiel ist noch nicht vorbei! Gefeiert wird erst am Ende«, rief er laut.

Und es sollte noch besser kommen. Nach einer Schrecksekunde, als die Fortunas die gegnerische Mittelstürmerin einen Moment aus den Augen verloren hatten und ein fulminanter Schuss den Balken wackeln ließ, war wieder Ellie der Ausgangspunkt eines Angriffs. Sie passte den Ball aus dem Strafraum zu Marie. Kaum hatte die den Ball, wurde sie von der Seite weggerempelt. Den fälligen Freistoß brachte Ronja mit einem Seitenwechsel zu Messi. Die spielte eine Gegenspielerin aus und kam halbrechts frei zum Schuss. Und wie hatte Ronja in der Klasse noch erklärt: Der Magnus-Effekt lenkt den Ball. Und so war es auch diesmal bei Messi. Der angeschnittene Ball drehte in der Luft fast komplett die Richtung. Erst flog er nach rechts, und dann schlug er links ein. Die Keeperin der Norddeutschen machte ein fassungsloses Gesicht. Der Ball zappelte im Netz. 3:2.

Messi hatte das Siegtor geschossen und das völlig verdient. Sie drehte im Jubel ab und lief wie die anderen auch hüpfend und schreiend zu Herberger. Sie klatschten sich ab. Die Sportlehrerin pfiff ab.

Es war wie ein Traum. Das war der erste Sieg der Fortuna Girls.

18:35 UHR

Hallo, Ruhrgebiet, home of Schwarz-Gelb. Es ist passiert. Ihr wisst ja, wie sich so was anfühlt! Und ich auch! Damals haben wir zusammen auch viele Siege eingefahren. Aber dieses Spiel war doch etwas Besonderes. Wir haben gewonnen! Die Fortuna Girls haben erstmals zugeschlagen: 3:2 gegen den FMC aus dem norddeutschen Tiefland in Rathjensdorf. Die waren platt wie die Region, aus der sie kommen! Haben uns aber fair gratuliert. Die Kapitänin hat uns sogar eine große Zukunft vorhergesagt. Na ja, auch wir waren ziemlich am Ende. Das war ein hartes Spiel. Aber wir finden so langsam unseren Spirit! Wir waren schnell, unnachgiebig und eiskalt. Nach dem Spiel haben wir ordentlich abgefeiert. Herberger hatte auf der Fortuna wieder den Grill angeschmissen. Er hat uns gelobt und will das Training regelmäßig weitermachen. Echt super, dass wir ihn haben! Im Gegensatz zum letzten Treffen wurde diesmal auch viel gelacht und gequatscht. Und wir haben auch schon einen Plan, wie es weitergeht. Denn bevor wir die Jungs noch mal herausfordern, wollen wir noch besser werden. Damit es auch klappt mit der Augenhöhe.

Aber das ist Zukunftsmusik. Jetzt ist jetzt! Wir genießen es, etwas zu wissen, das die Jungs nicht mal erahnen. Wir haben einen Sieg, und wir haben Ronja! Übrigens: Wir haben den ganzen Platz nach Kameras abgesucht nach dem Spiel am Schloss. Aber alle Hecken waren diesmal sauber! Sie wissen also von nichts. Aber wir wissen: Die nächste böse Überraschung mit den UB ist jederzeit möglich. Mit dem Sieg im Rücken werden wir das schon aushalten.

Ohne euch hätte ich das nie geschafft!

Ich umarme euch, Messi

Die Einladung

In der Taparei Lämmerhirt war seit dem Schulfest der Teufel los. Denn dort hatten viele Eltern das Essen von Fernando probiert und waren begeistert gewesen. Dementsprechend ging die Tür des Geschäfts im alten Haus gar nicht mehr zu. Die Gäste gaben sich die Klinke in die Hand. Vater González war noch länger in der Backstube als sonst, und Messis Mutter Petra und ihre Oma hatten alle Hände voll zu tun, die ganzen Bestellungen abzuarbeiten. Nach der Schule war deswegen auch für Messi keine Zeit zum Ausruhen. Denn nachmittags verkauften sich seit Kurzem Fernandos leckere Tapas-Kuchen besonders gut. Dabei handelte es sich um eine Mischung aus süß und herzhaft: Tortenboden belegt mit Würstchen oder Fleisch, garniert mit süßem Obst. Messis Ding war das nicht, aber sie musste den Boden belegen und die Auslagen neu befüllen. Das hielt sie einige Zeit in Atem. Wenn es dann ruhiger wurde, saß sie meistens am Küchentisch in der Wohnung über der Taparei und trank einen Kakao mit Sahne. Den hatte ihr ihre Mutter schon früher immer gemacht, wenn sie traurig war oder einfach nur schlapp.

»Ach, Felicitas«, sagte Petra, als sie ihre Tochter in der Mittagspause mit ihrem dampfenden Kakao in der Küche sitzen sah. »Das ist zwar sehr schön mit dem Laden, aber wir beide kommen gar nicht mehr zum Reden vor lauter Arbeit. Findest du nicht auch?«

Oh, oh, dachte Messi. Gefahr ist im Anzug. Wenn Mütter so anfangen, wollen sie meist etwas wissen.

»Ist alles okay bei mir«, antwortete Messi vorsichtig, »kann mich nicht beklagen. Schule läuft und alles andere auch!«

»Das ist schön.« Ihre Mutter guckte zufrieden. »Und was ist mit den Fortuna Girls? Ich habe mit Frau Toprak telefoniert. Die war auch besorgt, dass ihr euch das Verhalten der Jungs auf dem Fest zu sehr zu Herzen nehmt. War ja auch nicht wirklich toll, was die sich da geleistet haben.« Petra González hatte seit der Eröffnung der Taparei ein gutes Verhältnis zu Yallas Mutter. Sie waren damals die Einzigen, die aus Messis Klasse vorbeigekommen waren.

»Mama, wir sind schon groß und kommen damit klar. Die sind einfach bescheuert und fertig!« Messi wollte das Thema schnell beenden. Sie wollte mit ihrer Mutter nicht über Fußball reden, und schon gar nicht über Jungs.

»Ich verstehe, dass du mit mir nicht darüber reden willst. Aber denk dran: Jungs sind zu allem fähig.« Sie blickte einen Moment ins Leere.

»Mama, was soll das jetzt? Wir haben ein Problem mit den Unbeatables. Das stimmt. Aber sie sind bloß Gegner auf dem Platz und nerven in der Schule, mehr nicht. Und dass sie überhaupt irgendwelche Fähigkeiten haben, will ich stark bezweifeln.«

Messi hatte Glück. Bevor die nächste Frage kommen konnte, betrat Pedro außer Atem das Zimmer. Er hatte wieder zwei Treppenstufen auf einmal genommen und balancierte dabei einen Teller in der Hand.

»Was sagt ihr? Jungs haben keine Fähigkeiten? Ich habe eine Idee!« Pedro hielt den beiden einen Teller mit einem Stück Tortenboden hin, der sehr reichlich belegt war: ein Schokokuss, eine Scheibe Fleischwurst, ein paar Spaghetti mit Tomatensoße und obendrauf die Schokohälften eines Überraschungseis.

»Was ist das? Das Resteessen nach einem Kindergeburtstag?« Messi verzog das Gesicht. Auch Petra machte eine skeptische Miene.

»Schwesterlein, du bist auf dem richtigen Weg. Papa hat ja so einen Erfolg mit seinem Kuchen. Aber was fehlt noch im Sortiment?« Er blickte Mutter und Schwester auffordernd an.

»Du wirst es uns sicher gleich sagen!« Messi war gespannt, was da jetzt kommen würde.

»Es fehlt was für meine Altersklasse«, stellte er fest. »Dies ist meine Kuchenkreation U10! Totaler Verkaufsschlager, das sage ich euch!« Und er begann den Prototyp aufzuessen.

Mutter González lachte laut. Pedro war ein kleines Genie, auch wenn sie seiner Idee keine große Zukunft in ihrer Taparei zutraute.

»Ich glaube, die Kreation ist eher UNgenießbar«, meinte Messi und schüttelte sich.

»Ach übrigens«, sagte Pedro, während er beim Sprechen Krümel seiner »Kreation« durch den Raum spuckte, »da unten wartet ein Junge für dich, Messi!«

Petra González schaute erst auf die Krümel am Boden und dann zu ihrer Tochter. Messi war überrascht, tat aber locker und breitete die Arme aus.

»Mein Name ist Messi, und ich weiß von nichts!«

»Du kennst ihn, aber ich darf nicht sagen, wer es ist!«, murmelte Pedro, als Messi aufstand und zur Treppe ging. Vor den Stufen drehte sie sich noch mal um.

»Aber ihr bleibt schön hier!«, warnte sie. Das war ein unmissverständlicher Befehl. Pedro hob ergeben die Hände.

Messi lief die Treppe hinunter in den Laden.

Dort stand, mit einem Blumenstrauß bewaffnet, Benni Stegemann.

Messi spürte bei seinem Anblick eine Mischung aus Wut und Neugier in sich aufflammen. In Sekundenbruchteilen schossen ihr Fragen durch den Kopf. Was um Himmels willen möchte Benni von mir? Was hat er vor? Und wie soll ich mich verhalten?

Benni Stegemann wurde rot und lächelte sie an. Aber dies war kein überhebliches oder arrogantes Lachen wie sonst, sondern man hätte es fast freundlich nennen können. Wenn es nicht von Benni gekommen wäre! Diese Freundlichkeit war Messi nicht gewohnt von ihm. Sie schaute sich um und wagte schnell einen Blick aus dem Fenster. Aber er war alleine, ohne seine Hilfsarbeiter und Speichellecker. Jetzt nur nicht unsicher werden.

Sie lehnte sich gegen das Treppengeländer und verschränkte die Arme. Wollen wir doch mal sehen, was da kommt, dachte sie. »Was willst du? Hast du dich verlaufen? Die richtige Adresse für die Blumen ist eine Straße weiter.« Dort wohnte die Englischlehrerin. Nicht nur mit Mathe stand Benni auf Kriegsfuß.

Er druckste herum und trat von einem Bein auf das andere.

»Die Blumen sind für dich!«, sagte er und hielt ihr den Blumenstrauß hin. Messi schaute irritiert.

FAN

»Was soll ich mit Blumen? Soll ich die auf das Grab legen, das ihr den Fortuna Girls geschaufelt habt?«

»Messi, ich will mich damit entschuldigen! Wir haben es übertrieben und waren nicht fair. Das soll nicht wieder vorkommen.« Benni hielt ihr den Strauß noch immer entgegen.

»Macht man das so bei euch, in euren Kreisen? Scheiße bauen, dann einen Blumenstrauß überreichen, den du vermutlich gar nicht selber gekauft hast, und fertig?« Messi blieb hart.

»Nein, natürlich nicht«, wehrte Benni ab. »Aber es soll ein Anfang sein. Ich hab ihn selber gekauft. Und es weiß auch keiner, dass ich hier bin.«

»Vermutlich bis auf die ganze Schule und deine treuen Sklaven, die irgendwo eine Kamera laufen haben.« Messi ließ nicht locker.

»Mach es mir doch nicht so schwer. Hier, nimm wenigstens die Blumen! Was kann ich noch mehr tun, um dich zu überzeugen?«, fragte Benni und schaute betreten zu Boden.

»Hm, ich könnte dich auf Bewährung entlassen, und du hättest ein halbes Jahr Zeit, in dem du beweisen kannst, wie ernst du es meinst«, schlug Messi vor und sah ihm direkt in die Augen.

»Okay, dann fangen wir gleich damit an. Gehst du heute Abend mit mir ins Kino?«, wollte Benni wissen und hielt Messis Blick stand.

Messi glaubte, sich verhört zu haben. Hatte Benni von

und zu Stegemann sie gerade ins Kino eingeladen? Den momentan ärgsten Feind?

»Wir Anführer müssen uns doch besser kennenlernen. Also dann bis heute Abend vor dem Metro. Um sechs Uhr!« Er legte die Blumen vor ihre Füße, lächelte sie noch mal an und verschwand aus der Bäckerei, ohne sich umzudrehen. Und ohne ihre Antwort abzuwarten.

Messi schüttelte den Kopf, hob die Blumen auf und ging die Treppe hinauf. Sie stellte die Blumen in ein Wasserglas und setzte sich wieder an den Küchentisch.

»Was ist los?«, fragte ihre Mutter. »Wer hat die Blumen abgegeben?«

»Kannte ich nicht«, flüsterte Messi.

»Aber es war doch Benni«, sagte Pedro verwundert.

»Eben«, antwortete Messi und verschwand ohne ein weiteres Wort auf ihr Zimmer.

Die Gefühle spielen verrückt

Der erste Impuls von Messi war natürlich, Bennis Einladung nicht anzunehmen. Was stellt der sich eigentlich vor?, fragte sie sich. Versucht bei jeder Gelegenheit, die Fortuna Girls in der Schule bloßzustellen, und jetzt schmeißt er hier ein paar Blumen in den Flur und denkt, damit hätte er eine Spanierin am Haken.

Doch je länger sie auf ihrem Bett saß und nachdachte, desto deutlicher merkte sie, dass Benni ihr Interesse geweckt hatte. Der Verstand schrie nein, das Gefühl aber sagte ja. Das machte ihr ein bisschen Sorgen, schließlich hatte sie bisher immer auf ihr Gefühl vertraut. Aber das würde ja auch bedeuten, dass hier Gefühle im Spiel waren ... Quatsch! Und selbst wenn, dann wollte Messi das gar nicht wahrhaben. Andererseits, was hatte sie schon zu verlieren? Sicher, ein Kino ist nicht gerade ein Ort, an dem man nicht gesehen wird. Die anderen Fortunas fänden es sicher ziemlich komisch, wenn Messi neben dem größten Idioten der UB sitzen und friedlich einen Film mit ihm ansehen würde. Sollte sie es ihnen erzählen? Vorher war ja auch noch ein Mannschaftstreffen auf dem Schiff. Sie hatte noch nie etwas vor ihren neuen Freundinnen verheimlicht. Aber sie entschied sich, erst einmal abzuwarten. Und wer weiß, vielleicht könnte sie als Topspionin bei Benni Dinge herausfinden, die für die Fortuna Girls irgendwann einmal interessant sein würden. Und ihr Team würde sie dafür feiern! Und hat nicht jeder eine zweite Chance verdient? Also dann war das entschieden, dachte Messi. Bleibt noch die wichtigste Frage: Was ziehe ich an?

Als Messis Eltern um vier Uhr aus der Taparei zurück in die Wohnung kamen, lief Messi wie ein Wirbelwind an ihnen vorbei.

»Du hast dich aber schick gemacht«, konnte ihre Mutter noch rufen, als die Tür schon ins Schloss fiel. Die Antwort von Messi war zwischen Tür und Angel fast nicht zu verstehen gewesen. Es hatte wie »kein Wort jetzt« geklungen. Das würde auch zu Messi passen. Denn darüber, dass sie ihre Jeans und das Sweatshirt gegen einen Rock und eine Bluse getauscht hatte, wollte sie mit ihren Eltern lieber gar nicht sprechen. Es reichte schon, dass sie sich eingestehen musste, dass dieser Abend etwas Besonderes für sie war. Da hatten Elternmeinungen überhaupt keinen Platz und wühlten nur zusätzlich in den Wunden.

Sie schwang sich auf ihr Fahrrad und fuhr zum alten Hafen. Ihr war klar, dass sie ihren Freundinnen die Geschichte mit dem Date erzählen musste, aber auf keinen Fall heute. Alle warteten schon, als Messi am Treffpunkt erschien.

»Die kenn ich nicht, wer ist das?«, fragte Yalla, als sie Messi in ihrem Outfit sah.

»Lasst mich überlegen, wenn sie jetzt eine Tüte Croissants hinter dem Rücken hervorzaubert, ist es Messi!« Ellie wartete schon hungrig auf Leckereien aus dem Hause González.

»Hab heute leider nichts dabei«, antwortete Messi mit einer entschuldigenden Geste. »War schon alles ausverkauft.«

»Oh, schade, nicht mal verbrannte Reste aus der hintersten Ecke des Ofens?« Ellie konnte es nicht glauben.

»Messi, wenn es nicht von vornherein völlig ausgeschlossen wäre, könnte man denken, du hättest ein Date. In den Klamotten würdest du selbst George Clooney bezaubern.« Pia schoss einen Pfeil mitten in Messis Magengrube.

Die anderen winkten ab. »Der ist doch viel zu alt. Und schon vergeben. Macht keinen Sinn. Warum also die Fashion-Show?«, wollte Marie wissen.

Messi hatte diese Frage natürlich erwartet, und sie war nicht ganz glücklich, ihren Freundinnen die Wahrheit zu verschweigen.

»War alles in der Wäsche. Und ist quasi Probetragen. Oma wird am Samstag 81. Schick, oder?« Das mit dem Geburtstag stimmte tatsächlich. Sie drehte sich einmal um die eigene Achse.

»Super. Wie Yalla am Fünfmeterraum!« Mira wechselte Gott sei Dank das Thema. Alle lachten und erinnerten sich an das Spiel.

»Kommt Herberger auch noch?«, fragte Yalla.

»Nö!«, sagte Messi und nahm das Thema gerne auf. »Er hat gesagt, dass die Treffen unter Deck unser Ding sind und dass die Sachen, die wir hier besprechen, unser Geheimnis bleiben sollen.«

Damit waren alle einverstanden.

»Schon Franz Beckenbauer hat mal gesagt: Jetzt sind wir auf Jahre unschlagbar! Das wird uns mit Herberger jetzt auch passieren. Wartet ab, und denkt an meine Worte!«, sagte Pia. Sie hatte ausnahmsweise mal in einem Fußballbuch geblättert anstatt in einem Modekatalog.

»Das wäre dann das erste Mal, dass etwas in Erinnerung bliebe, was du so erzählst«, sagte Messi schmunzelnd. »Wir sollten Demut walten lassen. Und Bescheidenheit. Das mit dem Sieg gegen das andere Mädchenteam war doch nur ein Anfang. Und wir haben immer noch Luft nach oben!«

»Ich soll übrigens schöne Grüße von meiner Mutter bestellen«, unterbrach Pia. »Sie hat für uns alle eine Flasche Bodylotion für den Sieg spendiert. Ist gut gegen trockene Haut, der Wind trocknet sie ja ziemlich aus.«

»Welcher Wind? Draußen ist Windstärke null Komma null.« Mira schüttelte den Kopf.

»Ich rede vom Laufwind, wenn wir über den Platz düsen!« Pia war erschüttert, dass diese Erkenntnis für die anderen anscheinend neu war.

»Und was macht dann Ellie? Die steht doch die meiste

Zeit in ihrem Tor. Die müsste dann ja schon aussehen wie eine Mumie!«, sagte Yalla und lachte.

»Stopp mal! Wie ich gegen die FMC-Giganten aus dem Tor geschossen bin, das war ja wohl in Überschallgeschwindigkeit. Das macht das andere wieder wett!«, verteidigte Ellie sich und tat trotzig.

Die Stimmung war ausgelassen. Ronja legte plötzlich einen Zwanzig-Euro-Schein auf den Tisch. »Hier, der ist von meinem Vater. Hat sich echt spendabel gezeigt für unseren Sieg. Wir sollen das Geld für eine Extraportion Kraftaufbau benutzen.«

Das war ein Elfmeter für Ellie. »Mir läuft schon das Wasser im Mund zusammen. Gut, dass Pizza zum Kräftigen bestens geeignet ist.« Sie blickte Ronja an. »Sollen wir die beiden nicht doch mal zusammenbringen? Also Frau Friedrich und deinen Vater! Dann käme er mal raus und könnte zu Weihnachten applaudieren, wenn sie wieder als Lady Gaga auftritt. Der Schweigsame und die Quasselstrippe. Das ist doch eine perfekte Kombination.«

»Ich möchte keine Mutter. Ich hatte eine. Und brauche keine neue!« Ronja war stinkig.

»Ich will auch keinen neuen Vater«, sagte Pia, »aber für meine Mutter wäre ein Typ mal echt eine Maßnahme. Außerdem wäre Ronja dann so etwas wie meine Schwester. Top! Dann werde ich wenigstens gut in der Schule. Und Ronja würde ab jetzt immer super riechen!«

Die Fortunas lachten. Auch Ronja konnte nicht länger böse sein.

»Lasst uns das Thema Männer jetzt abschließen«, sagte Messi.

»Genau, ich würde auch nichts mit den Unbeatables anfangen«, warf Pia ein. »Außer vielleicht ...«

Die anderen stöhnten auf. Sie wussten, was kommen würde.

Messi sah zu Boden, was aber nicht weiter auffiel. Dann begann Ellie mit dem Ritual.

Nach dem Treffen fuhr Messi so schnell sie konnte in die Innenstadt. Das Kino war hell erleuchtet, und es standen einige andere Jugendliche davor. Etwas abseits erkannte sie Benni, der schon Popcorn gekauft hatte. Es war bereits kurz vor sechs.

»Hallo«, sagte Benni, als er Messi erkannte, »ich habe ehrlich gesagt nicht damit gerechnet, dass du wirklich kommst.«

»Bild dir darauf mal nichts ein«, erwiderte Messi scharf, »aber als Bewährungshelfer muss ich mich ja kümmern.«

Benni lachte. »Ich habe schon Karten gekauft.«

Messi schaute ihn fragend an. »Nein«, antwortete er auf die Frage, die zwar nicht ausgesprochen, aber doch in Messis Gesicht deutlich abzulesen war, »keine Kuschelbank, aber zwei Plätze nebeneinander, wenn's genehm ist!«

Messi sah sich am Eingang um. Sie war beruhigt. Niemand da, den sie kannte.

»Wer weiß von dem Treffen?«, fragte Messi, als sie sich auf ihre Plätze setzten.

»Keiner. Cheftreffen brauchen keine Absprache.«

»Ich bin nicht der Chef bei uns. Die Fortuna Girls entscheiden alles gemeinsam. Da unterscheiden wir uns gewaltig!«, stellte Messi klar. Sie wollte nicht, dass der Eindruck entstand, sie sei genau wie Benni der Anführer ihrer Mannschaft.

»Okay, Messi, lassen wir das. Ich bin hier, weil ich dich eigentlich nett finde. Das hat nichts mit Fußball zu tun.«

In diesem Moment ging das Licht aus. Benni konnte nicht sehen, dass Messi komplett rot angelaufen war. Ihr wurde schlecht. Sie wusste nur nicht genau, ob vor Angst oder vor Freude.

Der Film lief an, und in den nächsten hundert Minuten lachten und erschraken sie sich an den gleichen Stellen. Sie aßen Popcorn, wobei sich ab und zu ihre Hände berührten. Abwechselnd zuckten Benni oder Messi dann zurück. Sie redeten nicht viel. Hin und wieder riskierte Messi einen Blick auf Benni. Aber nur, wenn sie sich sicher war, dass er es nicht merkte. Sie hatte ja schon unlängst erkannt, dass er ganz gut aussah. Kein Mädchenschwarm wie Leon, aber durchaus attraktiv.

Immer wenn er ihren Blick doch bemerkte und sie anschaute, drehte sie sich weg. Einmal tat sie so, als sei ihr etwas auf den Boden gefallen. Was für eine verrückte Situation! Auf dem Fußballplatz hatte sie alles im Griff und wusste genau, was zu tun war. Hier im Kino hatte sie das Gefühl, sie wäre plötzlich wieder fünf Jahre alt und würde alles falsch machen, was es falsch zu machen gab.

Als der Abspann lief, stand Benni auf. Auch Messi erhob sich. Sie wäre eigentlich gerne noch ein Weilchen sitzen geblieben. So im Dunkeln neben Benni hatte es ihr gut gefallen. Aber Benni wurde sichtlich nervös.

»Ich muss um acht Uhr zu Hause sein«, sagte er beim Verlassen des Kinos. »Meine Eltern wollen, dass ich pünktlich zum Essen zurück bin. Seit ich in der Schule ein wenig schwächele, muss ich es daheim mit Unterwürfigkeit bezahlen. Aber ich werde sowieso Fußballer.«

»Und dafür braucht man keine Schule?« Messi schaute ihn fragend an.

»Nö, wozu? Ein paar Millionen auf dem Konto reichen für Privatlehrer.«

»Ich glaube, dann denkst du, du könntest dir alles kaufen. Auch Intelligenz.« Sie schaute ihn kurz an. »Und Freunde!«

In diesem Moment küsste Benni Messi kurz auf den Mund und lächelte sie an. Messi war platt. Ein Reflex wollte die Hand zur Ohrfeige ausfahren, aber sie ließ es bleiben.

Stattdessen lief sie weg, so schnell es ging. Und Messi konnte schnell sein, wenn sie wollte.

Benni rief ihr hinterher. »Sehen wir uns wieder?« Aber Messi antwortete ihm nicht. Sie wollte nur noch weg. Sie war ziemlich durcheinander. Das hatte sie nicht gewollt. Das sagte ihr Verstand. Ihr Gefühl aber sagte ihr: Vielleicht war es gut so!

Als sie zu Hause ankam, schlich sie in ihr Zimmer. Eigentlich hatte sie vorgehabt, eine Botschaft an ihre Mädchen nach Dortmund zu schicken. Stattdessen legte sie sich aufs Bett und starrte an die Decke. Sie war aufgewühlt und völlig k. o.. Schließlich schlief sie ein.

360-Grad-Dribbling

Dribbel auf deinen Gegner zu und tu so, als ob du rechts an ihm vorbeimöchtest. Bring dich zwischen den Gegner ...

... und den Ball. Spiel ihn mit der Außenseite vom rechten Fuß und dreh dich dabei um deine eigene Achse.

Setz kurz den rechten Fuß auf den Ball, um dich weiter zu drehen.

Jetzt hast du schon fast eine ganze Drehung vollführt und dribbelst den Ball wieder. Setz deinen Angriff fort!

Alles klärt sich auf

In der Nacht wälzte sie sich schweißgebadet im Bett umher. Sie hatte einen Albtraum.

Sie spielte in dieser Nacht mit ihren Fortuna Girls. Die Gegner waren die Unbeatables.

Die Fortuna Girls hielten bis kurz vor Schluss ein 1:1. Das wäre eine echte Sensation gewesen. Messi hatte sich bisher extrem zurückgehalten. Selbst Herberger hatte sie schon ermahnt, sie müsse mehr für die Mannschaft tun. Dann kam ein langer Pass von Burak in die Spitze zu Benni. Messi war in diesem Moment seine Gegenspielerin. Er passte den Ball einfach an ihr vorbei.

Sie griff ihn nicht an. Er zwinkerte ihr im Vorbeilaufen zu, bevor er Ellie ausspielte und den Ball ins leere Tor schob. Die UB jubelten. Sie hatten gewonnen.

Benni drehte sich zu Messi um. Er rief: »Danke!« Alle konnten es hören.

Die Fortuna Girls blickten verwirrt zu Messi. Sie wäre am liebsten im Boden versunken. Wie soll es jetzt bloß weitergehen mit den Fortuna Girls?

Am nächsten Morgen erwachte Messi nicht durch ihren BVB-Wecker. In der ganzen Aufregung hatte sie vergessen, ihn zu stellen. Doch ihre Mutter hatte natürlich bemerkt, dass ihre Tochter nicht pünktlich zum Frühstück erschien. Das passierte nicht oft. Meistens hatte es mit einer Klassenarbeit zu tun, für die Messi nicht allzu viel geübt hatte. Petra betrat das Zimmer und schüttelte sie etwas unsanft.

»Hey, Messi, aufstehen, es ist gleich sieben. Wer sich lange mit den Freundinnen treffen kann, kann auch zur Schule gehen. Frühstück steht in der Küche, ich geh schon mal runter zu Papa in die Backstube.« Sie streichelte ihr über den Kopf. »Was ist es denn? Mathe oder Englisch?«

Messi knurrte nur kurz ein »Jetzt nicht!«, dann verließ ihre Mutter das Zimmer. Sie wusste inzwischen, wann man besser gehen sollte. Messi drückte den Kopf ins Kissen.

»So ein verdammter Mist!«, rief sie gedämpft in die Daunen. Sie hatte nicht gut geschlafen und jede Menge Müll geträumt. Das Schlimmste überhaupt: ein Spiel verlieren, weil sie gemeinsame Sache mit den Jungs gemacht hatte! Das ist ja das Allerletzte. Aber der Traum hatte natürlich seinen Ursprung. Der Abend ging ihr nicht aus dem Kopf. Im Schlaf und auch nach dem Erwachen nicht. Was sollte das gestern?, fragte sie sich. Warum geht Benni mit mir ins Kino und spielt den netten Jungen? Und vor allem: drückt mir einen Kuss auf den Mund und tut dann so, als wäre dies das Selbstverständlichste auf der Welt. »Sehen wir uns wieder?«, hatte er ihr nachgerufen. »Ja«, sagte Messi zu sich, »und zwar schon gleich in der Schule!« Sie war verzweifelt. Wie sollte sie das bloß überstehen? Und wie sollte sie sich

Benni gegenüber verhalten? Und das Wichtigste, was würden die Fortunas dazu sagen? Sie hatte zwar nichts über die UB erfahren, aber dafür eine andere, völlig neue Seite an Benni entdeckt. War er doch nicht nur ein unfairer Idiot? Oder war das vielleicht alles ein fieser Trick?

Ihre Mutter hatte die Tür offen gelassen, und nun lugte Pedro durch den Spalt.

»Hast du von Blumen geträumt?«, rief er mit breitem Grinsen.

Es war klar, was er damit meinte. Immerhin hatte er Benni gestern die Tür geöffnet.

»Mach dich vom Acker, du Halbstarker«, schrie sie zurück. »Lass mich in Ruhe! Und du erzählst keinem, wer gestern hier war, ist das klar? Sonst stecke ich dich in den Ofen und verfüttere dich als Brot an die Enten.«

Diesmal flogen kein Kissen und kein Ball hinterher. Messi war beschäftigt, mit sich und den vielen Fragen, auf die sie eine Antwort brauchte.

In der Schule traf sie die anderen Fortuna Girls erst im Klassenraum. Messi hatte sich extra viel Zeit gelassen. Bloß kein unnötiges Risiko eingehen und womöglich auf dem Schulweg noch reden müssen! Das hatte wenigstens funktioniert. Messi sah, dass Benni wie immer auf der Tischkante saß und seine Ergebenen ehrfurchtsvoll seinen Ausführungen lauschten. Kein Blick von ihm, kein Wort der Begrüßung. Er ignorierte sie fast noch mehr als sonst. Das beruhigte Messi erst einmal. Sie hatte sich auf dem Schulweg ausgemalt, er würde sie vor allen Mitschülern fragen, wie ihr der Abend mit ihm gefallen hätte. Aber nichts dergleichen. Es herrschte Sendepause. Das gab Messi Zeit.

Benni erzählte vom Pokal, den er für eine Woche mit nach Hause nehmen durfte und in sein Zimmer gestellt hatte.

»Wenn ihr also ganz lieb seid zu eurem Chef, könnt ihr bei meiner Sekretärin einen Termin machen und ihn euch ein paar Minuten angucken!«

»Welche Sekretärin?« Burak blickte etwas verwirrt, bisher hatte es so etwas nicht gegeben.

»Ach so, das hatte ich noch nicht erwähnt.« Er drehte sich schwungvoll zu den Fortuna Girls um, die sich gerade erst begrüßt hatten und seine Rede nur mit halbem Ohr verfolgt hatte:

»Da ja das Potenzial für Fußballprofis bei den Fortuna-Damen nicht ganz so groß ist, hatte ich gedacht, ich biete ihnen einen Job bei uns an. Dann könnten sie richtigen Fußballern mal ganz nah sein und mir nebenbei noch Arbeit abnehmen.«

Wenn Messi einen Moment gezweifelt hatte, ob Benni sich nicht vielleicht doch ändern wollte, so hatte sie jetzt den Gegenbeweis. Das war wieder mal Großkotz in Topform.

»Ach, danke«, reagierte Yalla als Erste. »Aber da mein Cousin wahrscheinlich das Schuljahr nicht schafft, kannst

du den ja nehmen. Und Olli könnte den Pokal täglich putzen und von den vielen Kaugummis befreien, die Leon ständig dranklebt!«

Burak war wieder auf hundertachtzig. Seine Cousine war ihm viel zu selbstbewusst und hatte keinen Respekt vor Jungs.

»Du ... Lern du erst mal richtig Fußball spielen, dann sprechen wir uns wieder!«, zischte Burak sie an.

»Danke, liebster Cousin, aber du weißt auch nicht, was du willst. Erst soll ich nicht Fußball spielen, dann soll ich es lernen. Was denn nun?« Yalla machte der Schlagabtausch mit ihrem Cousin riesigen Spaß. Am liebsten beobachtete sie, wie seine Halsschlagadern anschwollen, wenn er sich richtig aufregte.

»Stopp!«, fuhr Benni dazwischen. »Ruhe jetzt. Sonst habe ich auf dem Handy noch mehr Anschauungsmaterial über den verkorksten Zustand der Fortuna Girls!« Benni warf Yalla einen giftigen Blick zu.

»Um euren geistigen Zustand beweisen zu können, braucht man ja Gott sei Dank kein Handy. Den gibt es live und in Farbe!«, konterte Ellie sofort. Aber damit war der Konflikt vorerst beendet. Auch, weil in dem Moment der Deutschlehrer die Klasse betrat und der Unterricht begann.

Als es zur Pause klingelte, war Messi die Erste, die den Klassenraum verlassen wollte. Das hatte aber nicht nur etwas mit Benni zu tun. Denn neuerdings gab es freitags nun immer eine Kuchenlieferung aus der Taparei Lämmerhirt für das Lehrerzimmer, und Messi hatte den Botengang übernommen. Sie nahm die Tasche mit dem Kuchen und ging auf die Tür zu, wobei sie an Olli vorbeikam. Als sie neben ihm war, spürte sie eine Sekunde zu spät, wie er sein Bein vor ihres stellte. Sie konnte es nicht verhindern, sie stolperte und verlor den Kuchen, der eingepackt auf den Boden purzelte.

Die UB klatschten Beifall.

»Bist du bescheuert? Was soll das?« Messi war fast mehr überrascht als sauer darüber, dass Olli, der sich bei den Hänseleien immer eher im Hintergrund gehalten hatte, nun auch den fiesen Macker raushängen ließ.

»Das war nur eine kleine Rache für die Tassen auf dem Schulfest!«, rief Olli laut in Richtung der übrigen Fortuna Girls. Wieder jubelten die Jungs. Dann aber bückte er sich und half Messi, den Kuchen aufzusammeln.

»Sorry, aber das musste ich tun«, flüsterte er. »Und das hier ist für dich.« Er schob einen Umschlag unter ein Stück Kuchen und gab ihn ihr.

»Das nächste Mal musst du eben besser aufpassen!« Wieder sprach Olli laut zu seinem Team.

Messi sammelte verwirrt den restlichen Kuchen ein. Glücklicherweise war es keine Torte, sondern ein fester Nusskuchen, sorgfältig eingepackt. Der Schaden hielt sich

also in Grenzen. Aber was war das denn nun wieder? Erst ein Kuss am Kino, jetzt Post von Olli. Ich stehe anscheinend in der Gunst der Jungs ganz oben, dachte sie. So schnell wie möglich brachte sie den Kuchen zum Lehrerzimmer und lief dann auf die Toilette. Sie wollte in Ruhe lesen, was der UB-Bote ihr übergeben hatte. Sie schloss sich ein und fischte mit zitternden Fingern ein kleines Stück Papier aus dem Umschlag.

Hallo, Messi,
nur ganz schnell. Der Kuss war eine Wette. Das sollst du wissen. Benni hat schon immer davon erzählt. Die anderen haben gesagt, das würde er nie schaffen. Gestern rief er an. Wette gewonnen. Alle wussten gleich, was er damit meint. Aber ich finde das nicht richtig. Das geht zu weit.

Olli

PS: Bitte verrate mich nicht. Danke

Messi ließ den Zettel sinken.

»Mist!«, rief sie laut.

Sie stand auf, verließ die Toilette und ging auf den Schulhof. Sie wollte so schnell es ging zu ihren Freundinnen. Dabei musste sie an den UB vorbei, sah aber nicht in deren Richtung.

»Haben den Lehrern deine Kuchenreste nicht geschmeckt, oder warum schaut Miss Fortuna so bedröppelt?«, rief Leon ihr hinterher. Alle lachten. Auch Olli. Er war trotzdem einer der Unbeatables, auch wenn er Messi diesen Zettel geschrieben hatte.

Messi reagierte nicht. Sie ging direkt auf ihre Fortunas zu.

»Wie siehst du denn aus? Du bist ja ganz blass. So sehe ich nur aus, wenn ich vier Stunden nichts zu essen bekommen habe.« Ellie bemerkte Messis Zustand, dachte aber eher an einen Magen-Darm-Infekt.

»Wir haben uns schon Sorgen gemacht. Kamst gar nicht vom Klo runter!«, sagte Yalla.

»Danke«, antwortete Messi, »aber ich habe gerade eine Botschaft bekommen, die mich ziemlich getroffen hat!«

»Der BVB hat seinen Trainer entlassen. Oh Gott, du Arme!« Mira umarmte Messi.

»Nein, mit Fußball hat das nur am Rande zu tun. Es geht um Benni!«

»Du hast im Lehrerzimmer gehört, dass er doch nicht sitzenbleibt?«, vermutete Ronja und machte ein bedrücktes Gesicht.

»Nein, Benni hat mit den UB gewettet, dass er mich küsst. Und er hat gewonnen!«

Die anderen Fortunas konnten nichts mehr sagen und tauschten schockierte Blicke.

Nur Yalla flüsterte leise: »Ach du Scheiße!«

Messi hatte Tränen in den Augen.

»Heute Nachmittag auf dem Schiff. Außerordentliche Sitzung der Fortuna Girls«, sagte Ellie.

Die anderen nickten. Darüber musste geredet werden.

Rache ist süß

Als Messi am alten Hafen eintraf, stand die Tür zum Unterdeck einen Spalt breit offen. Die anderen Fortuna Girls waren schon dort. Sie saßen in der »bayerischen« Sitzecke und spielten gedankenverloren mit ihren Glücksfiguren. Das konnte Messi durch die offene Tür sehen. Sie blieb einen Moment stehen und hörte zu, wie sich die Mädchen unterhielten.

»Ich kann mir nicht vorstellen, was da wirklich passiert ist. Eine von uns mit Benni dem Schrecklichen? No way!« Marie klang empört.

»Mädels, die ganze Grübelei bringt nichts. Messi wird uns schon erklären, was los war!« Ellie war sich sicher, dass es eine vernünftige Erklärung für diese »Wette« gab. Und dass Messi nichts damit zu tun hatte.

»Ich könnte dem Kerl jetzt schon so einen Arschtritt verpassen, dass er die nächsten Monate nicht an Fußball denken kann«, sagte Ellie und seufzte. »Warum immer wir?«

»Weil wir eine geile Truppe sind! Das kennt der nicht. Das ist der blanke Neid!« Mira meldete sich ungewöhnlich deutlich zu Wort.

»Achtung«, sagte Ronja, als sie die alte rostige Stahltür quietschen hörte. Das klang immer ein bisschen wie im Krimi. Am Anfang hatten die Mädchen sich meist noch darüber erschrocken, aber jetzt wussten sie wenigstens, dass sich niemand unbemerkt unter Deck schleichen konnte.

Messi hatte genug gehört. Sie kam die Treppe runter. Sie hatte den Zettel von Olli in der Hand und war ziemlich fertig.

Alle sahen sie an.

»Das Ritual?«, fragte sie leise.

»Messi, das darfst du jetzt nicht falsch verstehen, aber bevor wir unseren Schwur leisten, wollen wir hören, was passiert ist. Wir sind alle unglaublich gespannt!« Yalla sagte, was alle dachten. Nicht dass sie Zweifel hatten. Aber die Kuh musste jetzt vom Eis. So oder so!

Also erzählte Messi ihre Geschichte von Anfang an. Von Bennis Besuch und ihrer Verwunderung, den Blumen, der Einladung ins Kino, die sie erst nicht annehmen wollte, ihre Theatervorstellung auf dem Schiff, weil sie erst mal sehen wollte, was passiert, und dann natürlich auch von dem Kuss nach dem Kino, der sie so verwirrt hatte. Die übrigen Fortuna Girls hörten aufmerksam zu.

»Und dann gab mir Olli heute Morgen diesen Brief!« Sie legte ihn auf den Tisch. Ellie las ihn laut vor, danach herrschte einen Moment lang Schweigen.

Ronja redete als Erste wieder. »Warum macht Olli das?« Sie machte ein verwirrtes Gesicht. »Okay«, fuhr sie fort, »er war mit mir im Kindergarten und für einen Jungen eigentlich ganz okay. Aber er hat seinen Chef verraten. Das würde ich nie tun.«

»Wir haben auch keinen Chef. Das unterscheidet uns von den Jungs so ziemlich!« Yalla mischte sich ein.

»Er hat eine gute Tat vollbracht. Das mag stimmen. Aber er ist immer noch ein UB! Und wir wissen ja auch nicht, ob das nicht das nächste Foul ist. Solange wir das nicht wissen, kriegt er weiter die volle Breitseite! Keine Schonzeit!« Yalla ließ sich nicht erweichen.

Messi hatte aufmerksam zugehört. »Ich weiß es auch

nicht. Aber ich weiß, ich hätte euch sofort alles erzählen sollen. Das war mein Fehler. Und das mit dem Kuss habe ich nicht gewollt! Ich war komplett überrascht. Ich hatte doch anfangs nur gedacht, dass ich vielleicht ein wenig spionieren könnte. Und dann macht er so was.«

»Wir sind eben auch nur Mädchen«, seufzte Pia plötzlich. Ellie machte einen Kussmund und kam ihr näher.

»Iiigitt!« Sie wich zurück.

»Leute«, sagte Messi noch mal eindringlich. »Ich habe nicht selber geküsst, ich wurde geküsst! Und ich gebe zu, dass ich durcheinander war. Ich sitze schließlich nicht jeden Tag neben einem Jungen im Kino.« Sie schaute ihre Freundinnen an. »Ihr müsst entscheiden. Ich kann nur sagen, das war der schlimmste Tag in meinem Leben. Und so eine Niederlage muss ich nicht mehr haben.«

»Okay, Messi«, sagte Marie. »Ich glaube, wir haben verstanden. Du wolltest was über die UB herausfinden. Und der Bengel hat dich gelinkt. Er hat dich und deine Gefühle benutzt, um seine blöde Wette durchzuziehen. Wie doof ist das denn! Aber man lernt nie aus!« Sie brachte die Stimmung der anderen auf den Punkt.

»Aber was der Bengel nicht erwartet: Er hat damit auch uns gelinkt. Also für mich ist klar: Das war nicht nur ein Angriff auf Messi. Das war ein Angriff auf die Fortuna Girls!«, rief Ellie. »Und wenn er sich mit Messi anlegt, dann auch mit uns allen!«

»Genau das wollte er! Dass wir hier sitzen und zweifeln. Aber diesen Gefallen tun wir ihm nicht. Was dich traurig macht«, Ronja schaute Messi an, »macht auch uns traurig!«

Messi war gerührt. Das waren ihre Fortunas. Uns kriegt man nicht klein. Und schon gar nicht so eine Gruppe von Möchtegern-Fußballern.

»Sie wollen, dass wir uns selbst zerfleischen. Uns gegeneinander ausspielen. Am liebsten wahrscheinlich, dass wir aufhören. Aber diese Strategie geht nicht auf. Ich finde«, sagte Yalla, »wir sollten über Rache nachdenken.«

»Ich wette, dass ich Leon küsse. Und wenn ich das schaffe, ist er ganz frustriert und trifft das Tor nicht mehr!« Pia schaute in die Runde. Die anderen wollten schon wieder aufstöhnen, als sie fortfuhr. »Ach kommt schon, so blöd bin ich auch nicht. Sollte nur ein Witz sein. Wir müssen schließlich so bleiben, wie wir sind. Wir dürfen uns durch die UB nicht verändern.«

Pia konnte also auch überraschen. Das Ding mit Messi schien auch sie verletzt zu haben. Und sie hatte wirklich verstanden, worum es ging.

»Pia hat recht«, unterstützte Yalla sie, »die Rache muss eine Botschaft nach Art der Fortuna Girls sein. Also mit fast fairen Mitteln das Optimale erreichen. Wir müssen sie da treffen, wo es ihnen am meisten wehtut!«

»Okay, ich bastle eine Voodoo-Puppe, schreibe Benni drauf und steche mit einer Nadel in seine Knie!« Ellie lachte.

»Ellie, wir sind gegen jede Art von Folter«, sagte Marie und grinste dabei.

»Aber Ellie hat recht. Wir müssen Benni treffen. Und es würde ihn am meisten schmerzen, wenn er nicht mehr spielen könnte. Dafür muss man keine körperliche Gewalt anwenden. Es gibt ja auch andere Methoden«, sagte Mira und blickte die anderen verschwörerisch an.

»Egal, was es ist. Wir sind dabei!«, rief Ronja, und die anderen reckten ihre kleinen Fortunas in die Höhe.

»Also dann los«, sagte Ellie feierlich, »das Ritual.«

»Wir sind eine Mannschaft. Und selbst so ein Angriff kann uns nicht auseinanderbringen. Denn die Fortunas gehören zusammen.«

Ellie und die anderen stellten ihre Glücksbringer an ihren Platz.

»Wir sind weiter mutig und stark«, sagte Messi.

»Mit der Liebe zum Spiel und nicht zu den Jungs«, sagte Yalla. Alle lachten.

»Wir sind viel mehr als der Sieg«, rief Ronja.

»Wir schaffen alles, was wir wollen«, fügte Mira hinzu. »Und schwören Rache.«

»Und was am wichtigsten ist«, sagte Messi, »ihr habt mir vertraut. So sind die Fortuna Girls. Nichts kann uns stoppen!«

»NICHTS KANN UNS STOPPEN!!!«, stimmten alle mit ein.

DAS NÄCHSTE SPIEL STEHT AN? KEINE PANIK, DU SCHAFFST DAS!

DER NÄCHSTE GEGNER IST IMMER DER SCHWERSTE

Wenn ihr in einer Mädchenmannschaft Fußball spielt, kommt früher oder später der Tag, an dem es ernst wird: Ein wichtiges Spiel steht an.

Es kann zum Beispiel sein, dass ihr gegen einen starken Gegner antreten müsst, so wie die Fortuna Girls gegen die kräftemäßig überlegenen Mädels des FMC Rathjensdorf. Oder aber im Kreispokal gegen den Lokalrivalen oder in der Meisterschaft gegen den Tabellen-Ersten. Manchmal ist es auch das Spiel, das über euren Aufstieg in die nächste Liga entscheidet, oder aber eure Chance, von den Abstiegsplätzen runterzukommen. Ja, und manchmal ist es eben das WM-Finale. Es sind gerade diese großen Spiele, auf die jede Fußballerin hinarbeitet und die ihr einen Motivationsschub geben – die Highlights einer Sportkarriere.

NERVÖS SEIN IST GANZ NORMAL

Die Spannung steigt mit jedem Training, alle sind irgendwie nervös, und der Trainer probiert verschiedene Sachen aus, um für den bevorstehenden Gegner die beste Taktik herauszufinden. Wie schafft man es da bloß, nicht ängstlich, unsicher und total verspannt zu sein und deswegen alles zu vermasseln? Seid beruhigt, Nervosität und Anspannung sind ganz normal und gut. Aber sie sollten positiv sein, und die Vorfreude auf das Spiel sollte überwiegen.

Mir hat es immer geholfen, die Routine beizubehalten, also alles so zu machen wie sonst auch und nicht zu denken, dass ich mich jetzt irgendwie besonders oder anders verhalten müsste. Das heißt, verpasst keine Trainingseinheit, und gebt Gas. Es ist wichtig, im Team zu trainieren und sich gemeinsam auf eure individuellen Stärken und auf die der ganzen Mannschaft zu konzentrieren. Außerdem lenkt das Training auch ein wenig ab, und die Gedanken kreisen nicht nur um das kommende Spiel.

WIE KÖNNT IHR EUCH NOCH VORBEREITEN?

Ihr fragt euch jetzt vielleicht, was ihr neben dem Training noch tun könnt, um für den großen Tag fit und gut vorbereitet zu sein. Dazu gehört sicher, auch mal früher ins Bett zu gehen oder eine Verabredung abzusagen. Gute Freunde werden dafür Verständnis haben. Und dann habt ihr ja neben eurem Sport noch andere Aufgaben, die ihr auch nicht vernachlässigen dürft. Schule hat immer Priorität, auch wenn es manchmal schwer ist, alles unter einen Hut zu bekommen. Leistungssportler benötigen ein sehr gutes Zeitmanagement und müssen ziemlich stressresistent sein.

Aber ihr könnt auch in eurem Alltag schauen, wie ihr die Zeit nutzen könnt, um euer Ballgefühl zu verbessern. Egal, wo ihr geht und steht, nehmt einen Ball mit und führt ihn am Fuß. So lernt ihr ganz nebenbei, geschickter mit dem Ball umzugehen. Ihr könnt auch überlegen, ob ihr nicht mal zu Fuß zur Schule gehen oder mit dem Rad fahren könntet, statt euch von euren Eltern bringen zu lassen oder den Bus zu nehmen. Dadurch verbessert ihr spielend leicht eure Ausdauer.

DIE RICHTIGE ERNÄHRUNG

Nicht nur vor großen Spielen ist es wichtig, sich gesund zu ernähren und genügend zu trinken. Das ist für euch als Sportlerinnen ja sicher sowieso selbstverständlich. Wenn der Tag des großen Spiels näher rückt, lohnt es sich, noch ein bisschen mehr darauf zu achten, nicht so viel Süßes oder Fettiges zu essen.

Wenn ihr viel laufen wollt, sollten die Kohlehydratspeicher gut gefüllt sein. Nudeln, Kartoffeln, Vollkornbrot, mageres Fleisch, ordentliche Gemüseportionen und viel Wasser sind jetzt angesagt. Cola und Burger, Torte und Bratwurst sind mal kurz gestrichen. Achtet darauf, dass ihr regelmäßig esst und trinkt, und geht bitte nie mit leerem Magen zum Training!

Nach dem Sport gilt es, die Speicher wieder aufzufüllen. Hierzu gehören auch Regenerationszeiten, also Ruhephasen, die euer Körper braucht, um bei der nächsten Belastung wieder fit zu sein. Nur so stellt sich ein Trainingseffekt ein, und ihr spürt, wie ihr immer besser werdet.

TEAMGEIST

Fußball ist vor allem eins: ein Mannschaftssport. Deshalb ist es wichtig, den Teamgeist vor dem Spiel zu stärken, noch mal was gemeinsam zu machen und ein bisschen Spaß zu haben. Vielleicht geht ihr mal zusammen schwimmen, Eis essen oder in den Kletterwald? Während der Weltmeisterschaft 2003 sind wir an den Abenden vor den Spielen immer gemeinsam essen gegangen. So kann man sich zusammen einstimmen und ist trotzdem ein wenig abgelenkt. Und da wir recht erfolgreich waren, haben wir es bis zum Finale beibehalten und sind schließlich Weltmeister geworden. Na ja, ein bisschen Aberglaube gehört dazu ...

In den letzten Trainingseinheiten vor dem Spiel solltet ihr noch einmal besonders auf eure Mannschaft achten und die Taktik abstimmen. Außerdem sind jetzt kurze, dynamische Übungen wichtig, damit ihr spritzig und hellwach seid, wenn es darauf ankommt. Dazu gehören zum Beispiel Zwei-gegen-zwei-Varianten mit schnellem Torabschluss. Mit diesen oder aber auch mit Torschussübungen könnt ihr als Team Erfolgserlebnisse sammeln und euer Selbstbewusstsein stärken.

DAS GROSSE SPIEL

Es ist so weit – der Tag, auf den ihr schon lange hingefiebert habt, ist endlich gekommen. Jetzt heißt es, einen kühlen Kopf bewahren und sich nicht aus der Ruhe bringen lassen. Beginnt den Tag wie jeden anderen auch: aufstehen, frühstücken und zum Treffpunkt fahren. Wenn der Ablauf vor jedem Spiel gleich ist, fällt es euch leichter, euch auf das Wesentliche zu konzentrieren.

Bevor es losgeht, könnt ihr euch noch als Team einschwören. Sprecht euch ermutigende Worte zu, und baut euch auf, wie die Fortuna Girls und ihr Trainer Herberger es getan haben. Ihr könnt euch auch in einen Kreis zusammenstellen und euch einen Schlachtruf überlegen. Verbindende Rituale sind in solchen Momenten immer gut, das habt ihr ja bei den Fortunas gesehen, wenn sie ihr Mannschaftsritual abhalten.

Unmittelbar vor dem Anpfiff ist dann absolute Konzentration gefragt. Denkt an eure Stärken, und glaubt an euch. Das ist das Wichtigste!

PETER GROSSMANN, geboren 1963, ist studierter Sportlehrer und seit 1996 das Sportgesicht im ARD-Morgenmagazin. Als Reporter begleitete er bereits viele sportliche Großereignisse und ist selber leidenschaftlicher Fußballfan. Außerdem liebt er es, sich Geschichten auszudenken, und hat schon zahlreiche Bücher veröffentlicht. Peter Großmann lebt mit seiner Frau und seinen beiden Töchtern in Dortmund.

NIA KÜNZER, geboren 1980 in Botswana, wuchs im hessischen Wetzlar auf, wo auch ihre Karriere als Fußballerin begann. Von 1997 bis 2005 spielte sie in der Nationalmannschaft und gewann mit ihr 2003 den ersten Weltmeistertitel. Bis 2008 war sie mit dem Gewinn vieler Titel für den 1. FFC Frankfurt aktiv. Heute arbeitet Nia Künzer im Hessischen Innenministerium und ist Frauenfußball-Expertin in der ARD.

DANIEL ERNLE, geboren 1981, ist seit 2003 Grafiker, Illustrator und Screendesigner. Er arbeitet für verschiedene Verlage und andere Unternehmen, u. a. Peta, Red Bull und Disney. Seine Arbeiten erhielten zahlreiche Auszeichnungen, darunter 2013 einen Bronzenen Löwen in Cannes. Daniel Ernle lebt mit seiner Familie im Allgäu.

Anpfiff für die Fortuna Girls

Peter Großmann / Nia Künzer
FORTUNA GIRLS - DAS SPIEL BEGINNT!
Band 1
160 Seiten
mit zahlreichen Abbildungen
ISBN 978-3-8339-0327-4

Felicitas will Profifußballerin werden. Aber in ihrer neuen Heimatstadt gibt es weit und breit kein Mädchenteam. Dort regieren die »Unbeatables« – eine hochnäsige Jungstruppe, die nichts davon hält, dass Felicitas Fußball spielt. Das lässt sie sich nicht gefallen und stellt aus ihren neuen Freundinnen ein Team zusammen.

Ob die Fortuna Girls es schaffen, die »unschlagbaren« Jungs vom Thron zu stoßen?

Yalla
Mira
Marie
Mes-